Ohitoyoshi shokunin no
Burari Isekai Tabi
お人好し職人のぶらり異世界旅
6
DENDENSEKAI
電電世界

みっちゃん
腕時計型端末のAIだったが、
人工人体を手に入れた。
石川《いしかわ》 良一《りょういち》
電気工事店を営んでいた青年。
分身をはじめ、様々なチート能力を
駆使して今日も人助け。
マアロ
食いしん坊なエルフの女の子。
回復魔法が得意な神官。
ココ
Bランク冒険者の
犬獣人の女性。
卓越した剣の腕前を持つ。

ジーク
長年“神の塔”を
研究している
鳥人族の旅人。
キャリー
凄腕のAランク冒険者。
女子力が抜群に高い
おじさん。
モア
良一の妹になった女の子。
元気いっぱいな
ムードメーカー。
メア
モアの姉で、
異世界に来た良一の
妹になった女の子。
真面目で勉強熱心。
CHARACTERS

一章　神の塔へ

怪《あや》しげなサイトの広告をクリックしたことで異世界スターリアに転移した青年、石川良一《いしかわりょういち》。

彼は神様から与えられたチート能力を駆使《くし》して仲間と冒険する日々を送っていた。

数多《あまた》の敵や災難を退《しりぞ》けた功績で、カレスライア王国の男爵位《だんしゃくい》に叙《じょ》された良一は、慣れない生活に四苦八苦しながら、仲間や優秀な家臣《かしん》の協力で新米領主としてなんとか頑張るのだった。

少し前、そんな彼にも転機が訪れた。旅の仲間である犬獣人《いぬじゅうじん》の女剣士ココを巡《めぐ》る恋の対決を通して、晴れて彼女と恋人関係へと発展したのだ。そしてこの出来事をきっかけに、エルフの神官のマアロとも関係を進めることになった。

男として一区切りがついたことにより、良一は新たな旅へ思いを馳《は》せる。

——神の塔に行こうと思う。

彼の言葉に、仲間も家臣も協力を約束してくれた。

良一の決断から一ヵ月が経《た》ち、イーアス村にある彼の屋敷に仲間と家臣が集まった。

「では〝神の塔〟についての会議を始めるでござる」

会議室で進行役をしているのは良一の家臣スロントだ。

ここにいるのは良一、義理の妹のメアとモア、良一と恋人関係になったココとマアロ、頼もしい相談相手でもあるAランク冒険者キャリー、秘書役のアンドロイドのみっちゃん。加えて石川男爵家の家宰《かさい》を務めるスロントと、執事《しつじ》見習いのポタル、イーアス村の村長コリアスもいる。

スロントが話を進める。

「某《それがし》とポタルの両名で各種ギルドに神の塔に関する情報の提供を求めたのですが、目ぼしい情報はございませんでした」

ポタルも申し訳なさそうに頭を下げる。

「領主様、力不足で申し訳ないです」

良一はそれに手を振って応《こた》えた。

「いや、二人が必死に情報を集めようとしてくれたのは知っているから」

良一も湖の大精霊から神の塔の話を聞いた後、自身で色々と調べてはいた。

しかしわかったのは、異世界スターリアにおいて神の塔がおとぎ話の中の存在だと思われていることのみ。

湖の大精霊が話していた英雄《えいゆう》と大精霊の結婚が、その主な内容である。

〝世界石《せかいせき》〟を持った英雄と大精霊が恋に落ちた。そして二人は世界の果てにある神の塔に向かい、神の許しを得て結ばれた、という話なのだが……

誰もがそれを単なる作り話だと思っているらしい。

物語には神の塔は雲を突き抜けるほど大きいとある。けれど、そんな巨大な建造物を見たとの情報は冒険者ギルドを始め、多くのギルドのどこにも入っていないみたいだ。

良一達と懇意《こんい》にしている大精霊が嘘をついているとは考えにくいので、神の塔は実在するのだろうが、どこにあるのかは見当もつかなかった。

マアロも神官として知りえた情報を教えてくれる。

「神殿でも神の塔に行くというのが最難関の修行内容」

神殿において神の塔の存在は、幻の目的地という意味合いが強いそうだ。

大精霊いわく、神の塔には世界と世界を繋《つな》ぐ力がある。その逸話《いつわ》は神殿にも伝わっており、自身が信奉《しんぽう》する神のもとに行きたいと願う神官の目標でもあるらしい。

しかし今まで多くの敬虔《けいけん》な神官達が神の塔を目指して旅立ったものの、いまだに誰も辿《たど》り着《つ》けていない。

過去には多くの国と神殿が協力して大規模な調査隊が組まれたこともあったが、その目的は果たせなかった。

そんな歴史もあり、神殿には神の塔が実在すると信じる派閥《はばつ》と実在しないとする立場の派閥が生まれてしまったそうだ。

マアロが一通り話し終えると、良一はため息を吐いた。

「まさに最難関の旅って感じだな……」

先月会った大精霊の軽い調子とは裏腹に、旅は初手からつまずいた。

あまりの情報の少なさに、会議はすぐに行き詰まった形だ。

すると、ここまで黙《だま》って皆《みんな》の話を聞いていたコリアス村長が口を開く。

「石川君、この中で一番の年長者として正直に言わせてもらうが……今回の旅は難しいのではないかね？」

「おっしゃる通りです、村長」

良一達が長期の旅で不在となる間の村の施政《しせい》はコリアス村長に頼む予定なので、詳細を把握《はあく》するためにもこの会議に参加してもらっている。そんな彼も今回ばかりは無謀《むぼう》だと考えている様子だ。

良一にとっての秘密兵器であるみっちゃんも、神の塔に関しては何も知らなかった。

彼女が有する情報は過去に存在した超文明も網羅《もうら》しているが、その時代のデータベースにさえ、神の塔についての記述は全くなかったそうだ。

「そういえば、神の塔について調べていますと、先ほどマアロ嬢《じょう》が言っていた大規模な調査隊は、このメラサル島にも立ち寄ったと聞きましたぞ」

スロントが少し気まずくなった空気を変えようと、新たな話題を出した。

良一も気を取り直して彼に乗っかる。

「へー、じゃあホーレンス公爵《こうしゃく》は何か知っていたりするのかな」

ホーレンス公爵はイーアス村があるメラサル島の領主だ。良一達は彼の娘キリカも含めて何かと世話になっている。

「何せ昔の話ですから、文献《ぶんけん》も残っているかどうか……」

唸《うな》るスロントに、モアが元気良く手を挙《あ》げて提案する。

「キリカちゃんに聞いてみようよ！」

モアのアイデアに反対する者はなく、良一は腕時計型デバイスの通信機能を使ってキリカに連絡を取ってみた。

「はい、キリカよ」

「キリカちゃん？　久しぶり」

近況《きんきょう》などを話していると本来の趣旨《しゅし》を忘れそうになってしまうので、良一は手短かに本題を説明した。

キリカも神の塔についてはおとぎ話で聞いたことはあったが、そこを目指した調査隊までは知らなかったようだ。

時間を見つけてホーレンス公爵に聞いてみると返事をもらって、通話を終了した。

これで今日のところは手を尽《つ》くした。良一は会議のお開きを宣言する。

「じゃあ今日はここまでにしようか」

「某は伝手《つて》を辿ってココノツ諸島などにも情報がないか調べてみます」

「よろしく頼むよ」

会議が終わってコリアス村長やポタルが部屋を出ていった後も、それ以外のメンバーは残って談《だん》笑《しょう》していた。良一が領主になってからというもの、こうして皆で話す時間は意外と貴重なのだ。

すると突然、キリカから良一の腕時計型デバイスに連絡がきた。

今しがた連絡したばかりなのに何事かと、良一は通話に出る。

「良一、聞こえる?」

「ああ、聞こえるよ。キリカちゃん、どうしたの?」

「さっきの神の塔の話なんだけど、早速お父様に聞いてみたわ」

こんなに早く対応してくれるとは思っていなかったので、良一は驚いて聞き返した。

「早くないかい? ホーレンス公爵も忙《いそが》しいだろうに」

「良一が知りたがっていると言ったら、すぐに相手してくれたわよ」

「悪いことをしてしまったな」

良一は公爵に感謝しながらキリカの話に耳を傾《かたむ》ける。

「話を進めるわね。お父様も詳しくは知らなかったけれど、家の書庫に神の塔を目指した調査隊の話をまとめた書物があるそうよ」

「本当に⁉　是非《ぜひ》見たいな」

キリカのおかげで新たな手がかりが手に入った。

しかし公爵邸に保管されていた書物は年月による劣化《れっか》が激しく、書庫を管理する使用人から持ち出しを止められてしまったようだ。

「私も先ほどから読んでいるのだけれど、書物の数も多くて言い回しも古めかしいの。個人的な頼みだから使用人を多くは使えないし、良一達も一度来てくれないかしら」

「もちろん、予定を調整して公都に行かせてもらうよ」

「楽しみに待っているわ」

キリカの声は皆にも聞こえていたらしい。彼女と仲の良いメアやモアは行く気満々で、準備のために今にも飛び出していきそうだ。

ココやマアロも付いてくるようで、良一は最後にスロントを見た。

「殿、お任せくだされ。殿が留守の間、某が村を守りますぞ」

スロントが胸を叩いてくれたので、良一は礼を言って早速準備にとりかかった。

〝出かける前にこれだけは確認を〟とスロントに頼まれた良一が、普段の三倍ほどの書類仕事を終わらせた頃には、すっかり夜になってしまった。

公都グレヴァールまでは飛空艇《ひくうてい》で移動するので、さほど時間はかからないだろう。

モアは良一達が書庫で調べものをしている間はキリカと遊べるとあって、楽しみで仕方ないといった様子だった。

◆◆◆

予定外の行動となったが、一行は公都へ向けて屋敷を出発した。

イーアス村から少し離れた人目に付かない場所まで行き、飛空艇に乗り込む。ここまでは皆慣れたものだ。

公都は同じメラサル島内なので、目的地にはあっという間に辿り着いた。しかしメラサル島で一番大きな町でもあるグレヴァールからは周囲の至るところに道が延びているため、目立たない場所を探すのが大変だった。

小山に囲まれて道路からもほどよく離れている場所をなんとか見つけ、着陸する。

飛空艇を降りた一行は、少しの休憩《きゅうけい》をはさんでから徒歩《とほ》で公都を目指した。

道中は専《もっぱ》ら神の塔に関して書かれている書物やグレヴァールの話題ばかりだ。

良一達がしばらく遠足気分で歩いていると、町に近づくにつれて若い冒険者風の一行がモンスターを狩っていたり、商人が馬車で隊列を組んで移動していたりと活気が出てきた。

ようやくグレヴァールの町の門に到着したところで、良一はキリカに連絡を入れて、公爵邸へと足を向ける。

彼は門を抜けたところでグレヴァールの街並みを見渡す。領主の仕事を覚えはじめた影響か、町の雰囲気《ふんいき》や治安、道の整備具合など、今までは気にもしなかったことに目が向くようになったからだ。

メラサル島随一《ずいいち》の町をイーアス村と比べるのはおこがましいかもしれないが、実際に来て領民の数の力は絶大だと感じる。

イーアス村も急速に領民の数が増えているとはいえ、上手く管理しなければこのような活気ある町には発展させられないだろう。

良一がそんなことを考えていると、いつの間にか中心部にある公爵邸のすぐ目の前まで来ていた。

事前に連絡を入れていたためか、玄関《げんかん》の外でキリカが待っている。彼女は一行が到着するなり口を開いた。

「昨日の今日で早速来るなんて、良一は暇《ひま》なのかしら？」

「まあ、同じ島内で近いからね」

笑って答える良一にキリカも微笑《ほほえ》む。

「急いで来たならお茶でもしない？　書物は逃げないから、少し休んだ方が良いと思うわ」

「じゃあ、お言葉に甘えようか」

「それならこっちへ。公都でも人気のお菓子を用意したのよ」

キリカはそのまま公爵邸の応接室へ良一達を案内した。

お茶が運ばれてくるのを待つ間、女性陣はお喋《しゃべ》りに興《きょう》じている。その時間を使って良一は改めて神の塔に関する出来事を頭の中で整理する。

初めて神の塔を知ったのは、良一が誕生日に貰《もら》った主神ゼヴォスからの手紙がきっかけだった。

そこには、邪神《じゃしん》を退ける技である〝神降《かみお》ろし〟を知りたければ神の塔の守《も》り人《びと》を訪ねろ、と書かれていたのだ。

他にも湖の大精霊は〝神の塔には世界と世界を繋ぐ力がある〟と言っていた。

あとはスロント達が集めてくれたおとぎ話としての情報がいくつか。

主神ゼヴォスと湖の大精霊の話から、神の塔が存在していることに疑問を挟《はさ》む余地《よち》はない。

しかし、おとぎ話だと思っている世間の認識と良一のそれには大きな隔《へだ》たりがあるようだ。

けれど、この公爵邸にあるという、かつて神の塔を目指した調査隊の記録を見れば、その隔たりが小さくなるかもしれない。

神の塔に一歩近づける。そう考えると良一は逸《はや》る気持ちを抑えられなかった。

ココやメア達にはそのまま休憩していてもらい、良一はマアロ、キャリー、みっちゃんと連れ立って先に書庫へ行くことにした。

キリカ達もついてこようとするが、大勢で向かってどうにかなることでもないので、大丈夫だと押しとどめた。

良一達はキリカが呼んだ使用人に書庫まで案内してもらう。

応接室から少し歩いて公爵邸の隅《すみ》の方にある扉を開けると、かび臭さとともに、壁一面に書物が収められた本棚が並ぶ光景が視界に飛び込んできた。

良一もこの世界の本をよく買いあさっているけれど、それらとは比べ物にならないほど、ここの蔵書はとても古く貴重そうだった。

案内をしていた使用人と入れ替わりで、書庫の中にいた老人がこちらに歩み寄ってくる。

「石川男爵様でしょうか？」

「はい、そうです」

「私はここの書庫守《しょこもり》をしているタイクと申します」

老人はそう言って頭を下げた。

大きな眼鏡《めがね》をかけて、白髪《しらが》の交じった髪の風貌《ふうぼう》は、まさに書庫の主《ぬし》ともいえる貫禄《かんろく》がある。

「公爵様やキリカお嬢様から話は聞いております。神の塔に関する書物をお読みになられたいと」

「そうなんです。貴重なものだそうですが、是非読ませていただけないでしょうか」

「承知しております。私の方で該当《がいとう》する書物を探してあちらの机にご用意しておきました。どうぞ」

タイクに促《うなが》されて移動した場所には十冊程の本や巻物が置かれていた。

ぱっと目についた表紙には〝第三次神秘調査隊記録《だいさんじしんぴちょうさたいきろく》〟と書かれている。

興味深そうに本を見つめる良一に、タイクが説明する。

「私も少々調べましたが、神秘調査隊は第一次から第四次までの計四回、神の塔の探索《たんさく》のために派《は》遣《けん》されております」

「なるほど……」

「メラサル島を訪れたのはそのうちの第三次神秘調査隊の時で、一月《ひとつき》ほど島内を探索したそうです」

その言葉にキャリーがひとつ頷《うなず》いてから尋《たず》ねる。

「では、当時の調査隊はメラサル島内に神の塔があるかもしれないと考えていた、ということかしら？」

「神の塔そのものというよりは、神の塔に繋がる手がかりを探していたようですね」

この後一通りタイクの考えを聞いてから、良一達も調査隊の記録を読みはじめた。

タイクが用意した本の多くは第三次神秘調査隊の記録だったが、第一次と第二次、そして第四次のものも一冊ずつあった。

本は時間による劣化のせいで脆《もろ》くなっているので、気をつけながら読み進めていく。

良一は一冊目を数ページほどめくって、大きく息をついた。

この記録は当時の隊員が書いていた報告書を大雑把《おおざっぱ》にまとめただけのもので、話が前後したり、正反対の意見が書かれていたりと、何が正しくて何が誤《あやま》っているのかがわからない。

全ての情報を鵜《う》呑《の》みにしていたら神の塔には永遠に辿り着けないだろう。

これは大変そうだと気を引《ひ》き締《し》めて、良一達は先を読み進めていった。


「――良一さん、良一さん！」

「……ああ、ココか」

「随分《ずいぶん》と集中していたようですね」

ココに肩を揺《ゆ》さぶられて、良一は大きく伸びをしながら返事をした。

マアロやキャリーを見ると、各々《おのおの》目頭《めがしら》を揉《も》んだり肩を回したりしている。

「キリカさんが夕食を用意してくれたようで、呼びに来たんです」

「おお、そうなのか」

良一もちょうど腹が減ってきたところだった。お腹をさする彼に笑いかけながらココが進捗《しんちょく》を尋ねる。

「それで、手がかりはありましたか？」

「……いや、まだ一冊目の半分くらいしか読めてないからね。有力な情報はないかな」

良一達は一旦《いったん》本を読むのを中断して、食堂へ移動することにした。

食堂ではすでにキリカやモアが座って待っていた。

良一達が戻ってきたのを見て、キリカが声をかける。

「随分と疲れているようね、良一」

「使える情報を探し出すのはなかなか大変そうだからね」

「適度な休憩を挟みながら調べてね。神の塔に行く前に倒れたら元も子もないわ」

キリカの気遣《きづか》いに良一は笑って応えた。

「ありがとう、キリカちゃん。そうするよ。ところで公爵様はいらっしゃるのかな？　急に押しかけて、挨拶《あいさつ》もまだだからね」

「お父様なら昨日の午後に少し遠出《とおで》したの。明日の昼には戻ってくると思うけど」

それなら挨拶はまた明日改めてということになるだろう。

全員が着席したところでキリカが口を開く。

「さあ、いただきましょう」

皆でわいわいとご飯を食べ終えた後、良一は記録を読みに戻ろうとしたが、根《こん》を詰《つ》めすぎてはいけないと、ココとマアロから止められてしまった。

良一自身も疲労《ひろう》で倒れるのは本意ではないので、今日はゆっくり休もうと決める。

グレヴァールにいる間は、屋敷の離れを良一達に使わせるようにと公爵から伝えられていたそうで、一行はその厚意《こうい》に甘えることにした。

翌日、戻ってきた公爵に挨拶とお礼を伝えると、彼は〝気のすむまで滞在して良い〟と笑った。

その日以降、メアやモアの相手をキリカやココに頼んで、良一は黙々《もくもく》と記録を読みこんだ。

途中でマアロやキャリー、みっちゃんと意見を交換《こうかん》しながら、記録に書かれている隊員の中でも信憑性《しんぴょうせい》の高い人物や複数の探索に出ている者の名前などを拾い上げていった。

◆◆◆

それから数日――

「これで一通りの報告書を読めたのか」

「そうなるわね……」

良一が伸びをしながら話しかけると、キャリーが疲れたように相槌《あいづち》を打つ。

書庫に籠《こも》って一週間も黙々と集中したおかげで、ようやく全ての本に目を通せた。

達成感を噛《か》みしめながら良一が感想を漏《も》らす。

「色んな情報が記載《きさい》されていて大変だったけれど、読んでみると面白かったな」

「そうね、二百年も前の出来事というのは興味深かったわ」

報告書を読んでわかったのは、第一次神秘調査隊が結成されたのが、おおよそ二百二十年前だったことだ。

第二次が二百十年前、第三次が二百年前、第四次が百九十五年前に結成された。

つまり二十五年間の間に、計四回の調査隊が派遣されたことになる。

第一次は主神ゼヴォスを信奉する神官が、ゼヴォスを祀《まつ》る神殿の神殿騎士と敬虔な信者を引き連れていたそうだ。そこに主神ゼヴォスに連《つら》なる神々を信奉する神官や神殿騎士も加わった。

良一をこの世界に転移させたのは主神ゼヴォスだ。

また、何かと助けてくれるのは主神ゼヴォスを補佐《ほさ》する神白《かみしろ》ことミカエリアスだし、マアロが信奉する水の属性神ウンディーレも主神ゼヴォスに連なる神々の一柱だ。

「まあ、第一次調査隊は半年も経たずに解散したようだけど……」

「主神ゼヴォスの神殿から北に向かって、マーランド帝国の前身の国を越《こ》えて探索したみたいね」

「そこにマーランド帝国が建国されて戦争状態になり、調査隊の探索は打ち切られたと」

「遺跡《いせき》もかなりの数を調査したみたいですけど、神の塔とは無関係の場所ばかりみたいですね」

「そうね……でもそんな短期間の調査隊だったのに、挙げた功績は凄《すご》いわね」

キャリーがそう言って手書きのメモを見る。

どうやら神秘調査隊の功績や発見をまとめていたようだ。

その中から第一次調査隊の功績を挙げると、大きなもので三つあった。

「〝マウントタートルの誘導《ゆうどう》方法〟〝ランプ型魔導機《まどうき》の簡易《かんい》な製造方法〟〝失われていた特効薬《とっこうやく》のレシピの発見〟ね」

「マウントタートルは帝国とカレスライア王国の国境沿いにいた巨大なモンスターですよね」

「そうよ。安全な誘導方法があれば王国が襲《おそ》われる心配が減るし、大発見よ」

「ランプ型魔導機もイーアス村ではよく見かけますけど、調査隊の功績だったんですね」

「私も初めて知ったわ。当たり前にあるものがどうやってできたのかなんて、気にもしなかった」

各調査隊の報告や功績をキャリーと話していると、マアロも会話に入ってきた。

「調査隊で一番信憑性が高いのは、ジークという人物」

マアロの口から発せられたその名前に良一とキャリーの二人も頷いた。

「俺もジークさんが一番だな」

「私も同意見ね」

三人が意見を揃《そろ》えたジークという人物は、なんと第一次から第四次まで全ての調査隊に参加している。

彼の報告書は短く要点をまとめた上で、細かいところまでしっかり書かれていた。

調査隊には危険が伴《ともな》うためか、そのメンバーには戦闘力の高い者が多く選ばれていたようで、そういう人物は細かな報告書をあまり上げない傾向《けいこう》にあった。

そんな雑な報告書の中で、ジークのものは異彩《いさい》を放っていた。

「第一次から第四次まで、二十五年間全てに参加したのはジークさんだけじゃないかな」

良一の意見にキャリーも首肯《しゅこう》する。

「そうね……調査隊メンバーのリストなんてないから、報告書の名前だけで推測するしかないけど、私もジークさんだけが全部に参加しているように思ったわ」

調査隊の探索はやはり過酷《かこく》らしく、報告書には隊員がモンスターとの戦闘で負傷《ふしょう》したという内容や死亡事故なども記載されていた。

そのような事情もあったからか、調査隊のメンバーは大抵《たいてい》が一回のみの参加で、二回参加している人も全体の二割程度といった感じだ。

マアロが疲れたように息を吐く。

「彼の報告書をもっと読みたいけど、わかっているのは名前だけ」

「二百年以上前の人物なんて、長命な種族じゃないと生きてはいないでしょうね」

「まあでも、ジークさんへの手がかりはある」

良一の言葉に思い当たる節《ふし》があるようで、二人も頷き返す。

彼らがジークに繋がる手がかりとして見つけたのは、一冊しかない第四次調査隊の報告書に書かれていた一つの名前だ。

三人はその名前に見覚えがあった。

――トーカ神官長だ。

最初は同名の人物かと思ったが、書かれていた報告書の言葉選びなどから判断して、高確率で同一人物だとマアロが判断した。

トーカ神官長とはマアロの故郷であるセントリアス樹国《じゅこく》を訪ねた際に出会った。

マアロが信奉する水の属性神ウンディーレを祀る神殿の神官で、彼女の大先輩である。

カレスライア王国とセントリアス樹国の国境にあった〝亡者《もうじゃ》の丘《おか》〟での戦いでは、良一達と共に戦った。

その際に、トーカ神官長がエルフよりもさらに長命なハイエルフという種族であることや、五百歳以上の年齢ということも聞いている。

「トーカ神官長も調査隊に参加していたんだね。マアロは知らなかったのか？」

良一の質問にマアロは首を横に振る。

「二百年も前の話なんて聞いたこともない」

「まあ、わざわざ大きな目的を果たせなかった調査隊の話なんかしないわよね」

第四次調査隊の報告書では現在の役職である神官長ではなく、書記官《しょきかん》という肩書《かたが》きになっている。

彼女とは大した挨拶もできないまま別れてしまったので、訪ねてみるのも良さそうだ。このタイミングはちょうど良かったのかもしれない。

「それじゃあ、次の目的地はセントリアス樹国のトーカ神官長だな」

「わかった」

いつも通りの平坦《へいたん》な声色《こわいろ》だが、マアロは決意のこもった瞳《ひとみ》で応えた。

「外国に行くとなれば、それなりに準備が必要だな」

「トーカ神官長にお土産《みやげ》も買わないと」

これで次の目的地も決まった。

良一達はこの一週間のほとんどを過ごしたと言っても過言ではない書庫を後にする。その際にお世話になった書庫守の老人タイクへの挨拶も忘れない。

「タイクさん、本当にありがとうございました」

マアロとキャリーも良一に続く。

「ありがとう」

「とっても助かったわ。また公爵邸に来た時はお邪魔《じゃま》してもいいかしら？」

タイクは嬉《うれ》しそうに頷く。

「もちろんです。またお会いできるのを楽しみにしております」

書庫を出た良一達は、早速メアやモア達に次の目的地を報告にいく。

宿泊用に貸し出された離れに着くと、良一達を見つけたモアが駆《か》け寄《よ》ってきた。

「良一兄ちゃん、手がかりは見つかった？」

天真爛漫《てんしんらんまん》なモアのおかげで、良一も疲れを忘れて笑みを浮かべた。

「ああ、なんとかね」

「良かった。明日ね、キリカちゃんが町に遊びに行こうって！」

その言葉に良一は笑顔が一転、難しい表情になる。

「明日か……」

「良一は心配しなくても良いわ。護衛《ごえい》にお父様の騎士《きし》がついてくれるから」

彼の様子を妹の心配だと解釈《かいしゃく》したキリカがそんな提案をするが、良一は首を横に振った。

「いや、護衛の心配じゃないんだ。今日で神秘調査隊の報告書を読み終えたから、一度イーアス村に戻ろうと思って。公爵様の屋敷にも長く滞在したからね」

「じゃあ帰るの……？」

良一の言葉の意味を理解したモアが悲しげな声を漏らす。

今にも泣きだしそうな彼女に、どうしたものかと考えているところへキャリーが助《たす》け舟《ぶね》を出した。

「良一君も書庫に籠りっぱなしだったんだから、リフレッシュをしたらどうかしら？」

「そうよ。それにお父様だってそのくらい全く気にしないと思うわよ」

二人に後押しされて、良一は出発を少しだけ遅らせることに決めた。

「なら明日、町に出かけてからイーアス村に帰ろうか」

「賛成！」

モアが万歳《ばんざい》のポーズでその提案に飛びついた。

◆◆◆

その晩、夕食後に良一達はホーレンス公爵に長期間の滞在のお礼と調査結果を軽く報告した。

「……それにしても神の塔か。最初に聞いた時は驚いたが、石川男爵ならば辿り着けそうな気がするな」

「まだまだ小さな手がかりしかありませんが」

苦笑《にがわら》いで応える良一の目を公爵はしっかりと見据《みす》える。

「先人達が成しえなかったことを君はいくつもやり遂《と》げてきた。そう謙遜《けんそん》することはないよ」

「……頑張ります」

その後もお酒を飲みながら気分よく世間話《せけんばなし》をしていると、公爵は少しトーンを下げて話しはじめた。

「聞いたよ。石川男爵はガベルディアス名誉士爵《めいよししゃく》と神官のマアロ嬢と恋仲《こいなか》になったとか」

「はい、二人とは恋人関係になりました」

「とても良いことだよ。石川男爵の功績は武勇《ぶゆう》に注目が集まりがちだが、君は魔導機の修理という得難《えがた》い技術を保有している。それを子々孫々《ししそんそん》にまで残すには、子供をつくることが重要だからね」

いきなりの話題に良一は思わず口に含んでいた酒を噴《ふ》き出《だ》しそうになったものの、すんでのところでそれを堪《こら》えた。

「……いずれは、と考えています」

「そうだな。他国では一夫《いっぷ》一妻制《いっさいせい》もあるそうだが、カレスライア王国はその限りではない。石川男爵ほどならば妻をたくさん娶《めと》っても成長し続けられるだろう」

返事に困る問いかけに、良一はあいまいに誤魔化《ごまか》す。

そんな様子を見て、公爵は楽しそうにお酒の入ったグラスを傾けていた。


——翌日。午後には公都グレヴァールを発《た》つので、午前中のうちにトーカ神官長へのお土産などを見繕《みつくろ》う必要がある。

良一も当初はモア達に同行しようかと思ったが、女の子同士での買い物だと言われたので、初めて一人で公都を歩いてみることにした。

何回か通ったはずの道も、一人で歩き回っていると見える景色が違うように感じる。

しばらくぶらぶらしていると、道の先から何やら袋を持ったココが一人で歩いてきた。こちらを見つけて手をあげる。

「あれ？　ココ、皆と一緒にいたんじゃないのか？」

「そのつもりだったんですけど、少しだけ抜けてきたんです」

抜けてきたとは？　と疑問符《ぎもんふ》を浮かべる良一に、ココは少し恥《は》ずかしそうに切り出す。

「せっかくなので、良一さんとデートをしたいなと思いまして……」

「デ、デート⁉」

聞き慣れない単語がココの口から飛び出してきて、良一は素《す》っ頓狂《とんきょう》な声を上げてしまう。

「改めて言うと恥ずかしいんですけど、イーアス村にいると知り合いばかりなので……」

「そうだな……そうかデートか、そうか……」

壊《こわ》れたレコードプレイヤーのように同じ言葉を繰り返す良一を、ココは心配そうに見つめる。

「良一さんは用事とかありますか？」

「いや、ぶらぶら歩いていただけだから。むしろ暇を持て余していたよ」

ココの発言に心臓が高鳴り、声も変に上《うわ》ずってしまう。

イーアス村でも、村を散策《さんさく》するようなデートは何度かしたことがある。

だが、木こりの師匠《ししょう》であるギオやその弟子《でし》のファース達など知り合いが多く、また告白イベントの影響で周囲からにやにやと生温《なまあたた》かい視線を向けられてしまうのだ。

決して冷やかされたりするわけではないが、どうしてもぎこちなくなる。

良一はそこまで考えて、ココに向き直った。

「そうだな、せっかくグレヴァールまで来たんだ。デートに付き合ってもらえないかな、ココ」

「はい、喜んで」

こうしてココと二人きりでデートをするのも珍しい。マアロにも後で何か考えてあげようと良一は心の中で決めた。

グレヴァールを出発する昼までと時間は短いが、精一杯楽しむことにする。

「ココ、手に持っている袋をアイテムボックスに入れておこうか？」

「いいえ、実はメアちゃん達と町を歩いていた時に故郷のココノツ諸島風の屋台を見つけて、これはそこで売っていたんです。良一さんと一緒に食べたいなと思って買ってきちゃいました」

ココはそう言いながら、袋の中に手を入れて何かを取り出す。

彼女の手に握《にぎ》られていたのは、焼《や》き芋《いも》だ。

朝晩と最近は涼《すず》しくなってきたが、このあたりで焼き芋とは珍しいと思った。

「焼き芋、小さい頃は道場でよく門下生《もんかせい》と一緒に食べていたんです。でも最近は口にしてないなと思って」

「俺も大人になってから食べた記憶がないな……前は頻繁《ひんぱん》に食べていたような気がするんだけど」

ほんのりと湯気《ゆげ》が立ち上る焼き芋を見て、二人は早く食べようとどこか座れる場所を探す。

少し歩いたところにベンチが並ぶ場所があったので、二人で並んで腰かけた。

早速、ココが焼き芋を手渡してくれる。

焼きたてから少しだけ時間が経っているが、じんわりと手に熱が伝わってきた。

良一が焼き芋の真ん中あたりに力を加えて二つに割ると、黄色い身が現れた。よだれが口の中に溜《た》まる。

「じゃあ、いただきます」

程よく冷めているので、良一は息を吹きかけずにかぶりつく。

地球で食べていたものよりも甘みは少ないように感じるが、ホクホクとしていて、素朴《そぼく》な味わいには懐《なつ》かしさを感じる。

「久しぶりに食べたけど美味《おい》しいよ、ココ」

「気に入ってもらえて良かったです」

ココと一緒に久しぶりの焼き芋を食べながら、楽しく会話する。

何気《なにげ》ない日常だが、こうして恋人と過ごすのも良いものだ。

思わぬ展開だったものの、神秘調査隊の報告書を読んだ疲れも一気に吹き飛ばせて良いリフレッシュになった。

しかし思いのほかゆっくりとしてしまったために、良一とココが公爵邸に戻る頃にはすでに皆が揃っていた。

二人が一緒に帰ってきたのを見て、拗《す》ねてしまったマアロだったが、良一の〝今度二人きりでデートをする〟という提案でようやく気が収まったようだ。

その後、少しばかり長くなった公都滞在で世話になったキリカと公爵に別れを告げ、良一達はグレヴァールを発った。

◆◆◆

行きと同じく飛空艇で移動したので、村までの所要時間は短い。

公都を発った日の夜に一行はイーアス村へと帰還《きかん》した。

「殿、お帰りなさいませ」

良一達が屋敷に着くと、留守を任せていたスロントが出迎《でむか》えた。そのまま良一の仕事部屋で簡易な報告会が始まる。

「スロント、留守の間ありがとう」

「殿の家臣として当然のことです。連絡は受けていましたが、新たな手がかりが見つかったようですな」

「ああ。でも、隣国《りんごく》のセントリアス樹国に行かないといけなくなったんだ。またしばらく村を空けるかもしれないんだけど……」

領主ともなれば私用で村を留守にするなんて本来あってはならない。良一が我儘《わがまま》を言えるのも領民や信頼のおける臣下《しんか》がいるおかげだ。

良一は周囲に恵まれていることを改めて実感しながら、スロントの顔を窺《うかが》う。

「その件ですが……殿、できれば某も異国に赴《おもむ》いてみたいのです」

彼の意外な言葉に全員が顔を見合わせる。皆より少し早く我に返った良一が、スロントに尋ねた。

「スロントはセントリアス樹国には行ったことがないのか？」

「左様《さよう》でござる。それに某も〝神の塔に行く〟という殿の望みを叶《かな》えるための一助《いちじょ》となりたいのです。願いを聞き入れてはもらえませぬか」

スロントにはいつも世話になってばかりの良一は、その願いを一も二もなく了承した。

「もちろん構わないよ！　それじゃあ、留守の間はポタル君に村をお願いすることになるのかな？」

そこだけが若干心配だったが、スロントが太鼓判《たいこばん》を押した。

「ポタルも最近ではめきめき成長して仕事をこなしているでござる。もう任せられるでしょう」

「頼もしいな。それなら彼にお願いしようか」

「ありがとうございます」

今回セントリアス樹国には、神秘調査隊のジークなる人物についてトーカ神官長に聞くために行く。

ただ二百年も前の話なので、仮にトーカが覚えていても情報は古い。ジークの足跡《そくせき》を辿るためには、調査に一ヵ月はかかるとみておいた方が良いだろう。

そういう事情もあり、公都に行った時と違って村を空ける準備に半月は必要だった。

留守を頼まれたポタルも緊張気味《きんちょうぎみ》ではあったものの、〝精一杯努めます〟と返事をした。

◆◆◆

そして良一達がセントリアス樹国に向けて出立《しゅったつ》する日がやってきた。

いつもと同じく飛空艇での移動になるので、大々的な見送りなどはない。一行はそれも自分達らしいと笑いながら飛空艇に乗り込んだ。

そこからは寄り道もせずにセントリアス樹国に向かう。

海を越えて山を越えて飛空艇は空を一直線に進んでいく。その快適さは陸路や船旅とは雲泥《うんでい》の差だ。

良一が船内でメアやモアの相手をしているうちに、あっという間に目的地のセントリアス樹国が迫《せま》ってきた。

良一は国境の関所《せきしょ》を通らずに入ってもいいのかと心配したが、スロントによると各国の大使館に事前に連絡を入れておけば処理しておいてくれるらしい。なんでも各国を行き来する商隊などがいちいち入国審査をしなくてもいいように作られた制度だそうだ。

そのため、飛空艇はこのままセントリアス樹国の首都であるリアスを目指すことになった。

リアスはセントリアス樹国のシンボルである〝世界樹《せかいじゅ》〟に寄り添うようにできているため、飛空艇で近づきすぎると人目についてしまう可能性がある。

とはいえ、世界樹から離れすぎても町が遠くなる。そこで一行は、マアロの故郷、モラス村へ行くことにした。

首都リアスから陸路で三日ほど離れてはいるけれど、もともとひっそりとした場所にある村なので、飛空艇も問題なく着陸させられた。

そこから少し歩いて村に到着する。ここに来るのは亡者の丘を解放した時以来だったが、亡者の襲撃《しゅうげき》による建物の破損《はそん》なども修理されて傷あとを感じさせない。

活気が戻ったみたいで何よりである。

夕暮れ時《ゆうぐどき》で家に帰る途中なのか、結構な数の村民達が歩いている。

良一達一行の姿を見つけると、皆が笑顔で迎えてくれた。

良一は亡者の丘を解放した英雄として村中に知られているらしく、わいわいと村民に囲まれながらマアロの実家に向かうことになった。

玄関先では一行が到着するとの報を伝え聞いたのか、マアロの母親のマリーナと父親でモラス村の村長であるパアロが揃ってこちらに手を振っている。

「おかえり、マアロ。そして亡者の丘を解放した英雄、石川君」

「ただいま」

「ご無沙汰《ぶさた》しております」

どこか嬉しそうなマアロに続いて、良一も挨拶を返す。

ココ達とも簡単に挨拶を交わしてから、一行は家に招き入れられた。

良一達が家に入って早々、奥からマアロの弟のテリンもやって来る。

リビングにあたる部屋に一同が揃ったところでパアロが口を開いた。

「遠いところをまた来てくれて感謝するよ」

「いえ、突然押しかけてしまって申し訳ないです」

「気にすることはない。マアロや石川君、もちろん他の皆さんも、いつ来ていただいても構わない」

「ありがとうございます」

以前来た時も感じたが、パアロはそっけないように見えて、実はとても心遣《こころづか》いのできる人だ。だからこそ村長を任されているのだろう。

「それで今日は里帰りか。それとも何か用事があるのか？」

「首都リアスにいらっしゃるトーカ神官長に用事がありまして。少ししたらそちらに向かおうかと思っています」

「そうか、トーカ神官長に」

頷くパアロにマアロが尋ねる。

「あれからトーカ神官長は村に来たの？」

「いや、亡者の丘が解放されてからは森も静かになった。彼女の力を借りずとも村の安全は保たれている」

そんなことを話していると、良一がテリンから注がれる視線に気がついた。

「テリン君、どうしたのかな？」

「前に来た時は姉さんが近づくとそれとなく制止していたのに、今日はやけに距離が近いような……」

テリンはマアロのことが大好きで、若干シスコンの気《け》がある。

前回モラス村を訪れた際は、マアロが良一に好意を寄せていると知って絶望していた。

亡者の丘を解放したのを目の当《ま》たり《あ》にして少しは良一を見直したようだったが、どうやらそれも効果切れらしい。

そこへマアロが唐突《とうとつ》に爆弾を落とした。

「良一とは恋人になった」

いきなりの暴露《ばくろ》に良一も戸惑《とまど》ったが、この場で言ってしまうのがいいと思って口を開く。

「少し前からマアロとお付き合いをさせていただいております」

最初はその言葉に、パアロとマリーナはとても驚いていたが〝娘が選んだ人だから〟とすぐに喜んでくれた。

特にマリーナは娘の恋が叶ったのがよほど嬉しかったらしい。良一に頭を下げてマアロのことを頼み込んできた。

しかしその横で、固まっている人影が一つ――そう、テリンだ。

微動《びどう》だにしなくなってしまった彼に、皆の視線が集まる。

マアロが息を一つ吐いてから肩をつつくと、テリンはその体勢のまま横倒しになった。

どうやら、マアロが付き合っているという衝撃《しょうげき》のあまり、気絶してしまったようだ。

パアロが抱きかかえてテリンの部屋へと運ぶ。彼は良一とすれ違う時に〝これでテリンも姉離れをして成長できるだろう〟と、良一を気遣う言葉をかけて去っていった。

とはいったもののパアロ自身も男親として複雑なのだろう。夕食はテリンの看病《かんびょう》のためと言って、良一達とは別で食べるそうだ。

良一は少し気まずい雰囲気の夕食になったことをマリーナに謝罪する。

「すみません、なんだか変な感じになってしまい……」

マリーナは気にしたふうもなく微笑んだ。

「気にしないでくださいな。二人とも明日になれば落ち着くはずですから」

「そうだといいんですけど……」

その後はマリーナの心遣いもあり、一行は穏《おだ》やかな時間を過ごせた。

彼女が腕を揮《ふる》った手料理を皆で食べて、良一達の旅の話をして盛り上がる。

セントリアス樹国とマーランド帝国の戦争が記憶に新しい世代であることを考慮《こうりょ》して、帝国の話は避《さ》けていたのだが、マリーナ自身には帝国への悪感情はないそうだ。

そのおかげで和気《わき》あいあいとした雰囲気で美味しく夕食をいただけた。

食事を終えた頃にはメアとモアがすっかりマリーナに懐いて、髪を結んでもらうなどしていた。

こうして見るとマアロを含めて三人姉妹みたいだ。

早くに親を亡《な》くしたメアとモアからすれば、母親のように甘えられる人は珍しい。ココはどちらかと言えば姉といった感じで、マアロに至っては同い年と言われても違和感がない。

良一はそんな異世界でできた妹達を微笑ましく見守りながら、キャリーとスロントと一緒に、白ワインに似た酒を飲んでいた。

その果実酒は甘い匂《にお》いとスッキリした味わいで、アルコール度数も低いのか、とても飲みやすい。

「マアロ嬢の故郷もイーアス村と雰囲気が似ておりますな」

スロントが村を訪れた感想を漏らすと、良一も頷いて応えた。

「森の中にある村だからね。国は違えど雰囲気は似ているっていうのは同意するよ」

「このお酒、水みたいに飲みやすいわね。イーアス村でも作れるかしら」

キャリーの言葉に良一はふむと考え込む。確かにイーアス村も木工品以外に名産と呼べるものがもう少しあってもいいかもしれない。

三人で他愛《たあい》のない話をしていると、テリンを寝かしつけてきたらしいパアロが、新たな果実酒の瓶《びん》を持ってやって来た。

「私も交ぜてもらって良いかな」

「もちろんです」

三人で車座《くるまざ》になっていたので、良一とキャリーの間にスペースを設《もう》ける。

パアロは礼を言って空けられたスペースに胡坐《あぐら》をかいて座り、持ってきた酒瓶から良一のコップに果実酒を注いだ。

キャリー、スロントにも同じように注いだ後、良一が瓶を受け取ってパアロのコップに果実酒を注ぎ返す。四人で乾杯《かんぱい》し、コップを傾けてからパアロが口を開いた。

「……娘に恋人ができるというのは、思いのほか衝撃が強いのだな……」

呟《つぶや》くような声に、良一は苦笑いを返すしかない。

「なんと言えばいいのか」

「責めているのではない。しかし、まだ子供だと思っていたマアロもそんな歳になったのかと思うとな。親の感情というのは複雑だよ」

それはひとえにマアロを心配する親心なのだろう。良一に親の気持ちはまだわからないけれど、これだけは言っておかなくてはいけない。

「絶対に悲しい思いはさせません。約束します」

真剣な面持《おもも》ちの良一に、パアロは初めてと言っていいほどの満面の笑みを見せた。

「その言葉だけで充分だ。それに亡者の丘を解放した英雄殿以上に優秀な青年などいるはずもないからね」

最後は良一を少しからかうような口調で、キャリーとスロントは顔を見合わせて笑う。

良一は恐縮《きょうしゅく》しつつも、パアロの期待に応えようと心に決めて頭を下げた。

真面目《まじめ》な話にも一区切りつき、四人は酒を注《つ》ぎ注がれて、酒瓶が次々に空になっていく。

アルコール度数も低いので良一達はそれほど酔っていないのだが、酒瓶が空になるたびにパアロの酔《よ》い方《かた》は酷《ひど》くなっていく。どうやら彼はお酒に弱いらしい。

そしてパアロは意外にも泣《な》き上戸《じょうご》だった。

マアロが生まれた話から始まり、初めてパパと呼んでくれた時や、首都リアスの神殿に神官として送り出した時の話などを涙ながらに語り続ける。

収拾がつかなくなりつつあったが、最終的にはメア達の世話を終えたマリーナが、呆《あき》れながら回収していった。

「お酒に呑《の》まれるって怖いですね……」

良一は自分への戒《いまし》めの意味も込めて呟く。

キャリーはそれに同意しながらも、パアロをフォローした。

「まあ、パアロさんも感情が高ぶっていたのよ」

「しかし、こうなるとマアロ嬢が殿に嫁《とつ》ぐ際には、どれほど泣かれるか心配になりますな」

スロントの指摘する未来を容易《ようい》に想像できてしまった良一は、ため息を吐いた。

「その時になったら考えよう……」

パアロが離脱《りだつ》したタイミングで、三人も明日の出発に備えて休むことにした。

翌朝、パアロはいつもと変わらぬ姿で、昨夜のことを謝罪してきた。お酒には弱くとも、翌日までは残らないようだ。良一達もお酒の席の話だから気にしていないと伝える。

テリンも無事に意識を取り戻したようで、見送りに来てくれた。

むっつりと黙り込んだままではあったが、雰囲気からなんとなくマアロと良一の関係を認めた様子だ。マリーナがそんなテリンの頭に手をのせながら、良一達一行に声をかけた。

「またいつでも来てくださいね」

「ありがとうございます。大変お世話になりました」

良一に続いてマアロも家族に別れを告げる。

「次に来る時には結婚の報告をする」

強気なマアロにテリンはまた不機嫌《ふきげん》そうに鼻をならすが、パアロとマリーナは笑顔を向けた。

こうして一行はモラス村を後にし、セントリアス樹国の首都リアスを目指して森の中の道を歩きはじめた。

◆◆◆

モラス村を出て二日ほどで、リアスまでの中継地点の村に到着した。

ここからは馬車での移動になる。半日ほどの距離なので、明日の朝に出発すれば昼過ぎにはリアスに着けるだろう。

一行が村の宿で宿泊の手配を済ませると、それぞれ自由行動になった。

良一はこの間に、グレヴァールで収集した報告書をまとめたデータを見直すことにする。

公爵邸にあった本物の報告書は持ち出せなかったので、良一は写本を作れないかと考え、みっちゃんに聞いてみたのだ。

彼女はこともなげに〝可能です〟と答えたため、作成を頼んでおいた。

みっちゃんには写本だけではなく重要な証言のみを抜粋《ばっすい》したものや、神秘調査隊員ジークの証言をまとめたものなど、今後役に立ちそうな資料をいくつか作ってもらった。

「良一さん、このようなまとめ方でよろしいですか？」

「完璧だよ、みっちゃん」

「ありがとうございます」

良一の言葉通り、みっちゃんの資料は欲しい情報だけが上手く抜き取られていて、かつレイアウトも見やすくなっていた。

「それにしても、データをまとめ直してもらったら本一冊分になるとは……」

「ここにあるのは第三次調査隊の報告書がほとんどです。その他のものは、ゼヴォス様の神殿がある王国西部の町ランデルに行けば保管されているかもしれません」

「ランデルか……あまりいい記憶がないな」

「以前は面倒事に巻き込まれましたね」

みっちゃんの言うように、前回ランデルを訪れた時は神殿騎士団に所属する者から決闘《けっとう》を申し込まれるなどして、ごたごたしたのだ。

「まあ、それにあそこには伝手もあまりないからな。貴重な資料を見せてくれと頼んでも、ホーレンス公爵みたいにすんなりと許可をくれるかどうか……」

ゼヴォスの秘書のようなことをしている神白とは友好的な関係を結んではいるが、ゼヴォスの神殿の神官達に良一達の知り合いはいない。

確かに、最初に結成された調査隊がゼヴォス神殿の神官達で構成されていたので、神の塔に関する手がかりはホーレンス公爵邸の資料よりもランデルの方が多いと思われる。そのため、行きたいのは山々なのだが……

「調査隊の報告書にトーカ神官長の名前が記載されているのですから、首都リアスの図書館などにも保管されている可能性はあります。彼女に尋ねてみてはいかがですか?」

トーカが参加していたのは第四次調査隊だけれど、確かに公爵邸にはなかった資料の存在を知っているかもしれない。

みっちゃんの提案に良一は頷いた。

「そうだな。まずは聞くだけ聞いてみようか」

みっちゃんと予定を確認して、良一はその後の時間を翌日の準備にあてた。

◆◆◆

翌朝、宿泊していた村を出発した一行は、リアスへの道のりを馬車に揺られていた。

馬車での移動は揺れで腰が痛くなる。

飛空艇にすっかり慣れてしまった皆にとっては大変な旅だ。

「良一兄ちゃん、揺れるね～」

馬車の揺れで声を震《ふる》わせるモアに良一が応える。

「これが普通なんだからな。いつも飛空艇に乗っているせいで感覚が麻痺《まひ》してしまっているけど」

そんなことを話していると、車輪が石を踏《ふ》んでしまったのか、馬車が大きく跳《は》ね上《あ》がった。

その勢いで良一は椅子《いす》からずり落ちてしまいそうになる。

そんな姿を見て皆で笑い合いながら時間は過ぎていった。

馬車は予定通り、昼過ぎに首都リアスに辿り着いた。

道中の車窓《しゃそう》からも見えていたが、相変わらず世界樹は町の中心に大きく立派にそびえ立っている。

首都リアスは世界樹の幹《みき》に沿うようにして都市が形成されており、それがセントリアス樹国と呼ばれる所以《ゆえん》だと言われているそうだ。

世界樹に寄り添うように建てられた建物が多く、世界樹の幹を壁としているところなんかもあって、前回訪れた際には驚いた記憶がある。

「さて、着いたばかりだけど、早速トーカ神官長に会いに行くか」

良一が切り出すと、マアロが先頭に立って手をあげた。

「任せて」

トーカがいる水の属性神ウンディーレの神殿には、スロント以外は一度行ったことがある。しかし張り切るマアロのやる気を削《そ》ぐ理由もないので、一行は彼女について神殿を目指した。

道中、初めてリアスに来たスロントが物珍《ものめずら》しげに周囲を見渡す。

「殿、誠に立派な町でございますな」

「世界樹と寄り添い合う町というのも神秘的だよね」

良一がスロントに同意を示す。キャリーとメアもうんうんと頷いている。

「確かに、書物でも世界樹のことは書かれているけど、実際目の当たりにすると圧倒されてしまうわね」

「私も初めて来た時はびっくりしました！」

皆でリアスの印象について話しながら歩いていると、すぐにお目当ての神殿に到着した。

神殿の前で掃除《そうじ》をしていた神官がマアロに気付いて顔を上げる。

「あら！　マアロじゃない！」

声をかけてきたその神官には良一も見覚えがあった。

駆け寄ってきた彼女にマアロが返事をする。

「ミラ、久しぶり」

「ええ、久しぶり……じゃないわよ！　あの後、ランデルであなたのことがばれて、先輩の巡教《じゅんきょう》騎《き》士隊《したい》の方々に怒られたのよ！」

開口一番、文句を言ってきたのは、マアロと同い年で、一緒に修行を重ねたというミラだった。

良一達は以前、カレスライア王国とセントリアス樹国の国境にある関所で彼女に会っている。

主神ゼヴォスをはじめ、多くの神々が顕現《けんげん》したという重大な事象の真偽《しんぎ》を確かめるべくランデルに向かっていた巡教隊の一人がミラだったのだ。

神々が顕現した件《くだん》の場に居合わせたのが良一達で、つまり彼らが巡教隊の一番の目的だったのだが、大騒ぎになるのを避けるため、ミラには無理を言って見逃《みのが》してもらった経緯《けいい》がある。

「ごめん。あの時は助かった」

「全く、本当に大変だったんだから……」

素直に謝るマアロにぐちぐちと不満を漏らすミラは、そのまま言葉を続ける。

「ランデルからリアスに戻ってきた時にも驚いたわ。まさか亡者の丘が解放されているなんて……それがあなた達の功績だと聞いた時はさすがに信じられなかったけど」

ミラは溜めていたものを吐き出すように話し続ける。

このままだと永遠に先に進めないと思ったのか、マアロがミラの両肩を掴《つか》んで制止した。

「話はあとで聞く。今日はトーカ神官長に会いに来た」

「トーカ神官長？」

頷くマアロに、ミラは件の人物の居場所を教えた。

「トーカ神官長なら神殿にいらっしゃるはずだけど……」

「わかった」

「じゃあマアロ、今晩はいつものお店で一緒にご飯を食べましょう」

「わかった」

「約束だからね！」

淡泊《たんぱく》なマアロの返事にもめげないミラの様子に、一同は思わず苦笑してしまう。

ようやくミラから解放された良一達は、神殿の中へ足を踏み入れた。

清廉《せいれん》な空気で満たされている中をトーカがいるという彼女の自室を目指して歩いていく。

途中すれ違う人々に道を尋ねながら、やっと部屋に辿り着いた。

代表してマアロがノックすると、中から声が返ってくる。

「どうぞ」

「失礼します」

マアロが扉を開け、それに続いて皆も中を覗《のぞ》く。そこには以前訪れた時と何も変わっていないトーカ神官長が椅子に腰かけていた。

机の上には書類があるので、仕事中だったのかもしれない。

「マアロ！　それに石川さんや皆さんも……」

驚いているトーカに良一が笑顔で応える。

「ご無沙汰しております、トーカ神官長」

「皆さん、いつこちらにいらっしゃったのですか。来るとわかっていればいろいろと準備ができましたのに」

「ここに来ると決まったのはつい先日です。到着したのも昼過ぎだったのでご連絡する時間がなく……突然押しかけてしまって申し訳ありません」

軽く頭を下げる良一にトーカは気にしてないと手を振る。

「まあ、とりあえずお座りになってくださいな」

トーカは皆を部屋の中に招き入れる。

ソファに全員が座ると少し窮屈《きゅうくつ》になった。

トーカは自ら全員分のお茶を淹《い》れて、配り終えると彼女自身も腰を落ち着けた。

「本当に久しぶりですね。前回はきちんとお別れもできずに、ごめんなさい」

「いえ、こちらこそドラド王国の王城跡にあった財宝をたくさんいただいてしまい……」

亡者の丘を解放した際に発見された旧ドラド王国の財宝は、その功績から良一に多く振り分けられた。普通に生活していたら目にすることもないほどの大金である。

しかしトーカは首を横に振った。

「あれは、石川さんがいなければ得られなかったものですから、私の分を辞退させていただいただけです」

「それでも」

「こんな老体に、莫大《ばくだい》な財産があっても意味がありませんから」

そう言って彼女は笑う。

良一はひとまずその話を置いておいて、本題を切り出した。

「今日はトーカ神官長に用事があって伺いました」

「私にですか？」

なんのことやらと首を傾げるトーカに、良一は続ける。

「トーカ神官長は以前、神の塔を目指す神秘調査隊というものに参加されたことがありますよね？」

「……また、随分と懐かしい話ですね」

トーカは良一の質問を聞くと、途端《とたん》に表情を和《やわ》らげた。

「懐かしい、ということは……」

「そうです。私も第四次神秘調査隊に参加していました」

マアロはトーカ自身の口からその名が発せられたことに、改めて驚いているようだ。

「びっくりした」

「あら、マアロには話していなかったかしら？」

トーカが調査隊のメンバーだったと確定したところで、良一は自分達の目的を話しはじめた。

「実は俺達も神の塔に行きたいと思っていまして、今は手がかりを探している最中です。そこでグレヴァールにあった調査隊の報告書に偶然トーカ神官長の名前を見つけました。マアロが報告書の書き方を見て間違いないと言うので、こうして訪ねさせていただいたんです」

「そうだったのですね。けれど残念ながら、神の塔は第四次調査隊でも見つけられなかったんです」

申し訳なさそうな視線を送るトーカだが、良一達もそれは理解している。

「そうですよね。でも報告書にも名前があったジークという方は、随分と熱心に調査されていたように思うのですが……」

「これはまた、懐かしい名前が出てきましたね」

「トーカ神官長ならば、ジークという方をご存じなのではないかと。今日はそれをお尋ねしたくて来たのです」

熱心な良一の言葉にトーカも頷いて記憶を探るそぶりを見せる。

「ええ、存じ上げていますよ。彼とは何度も危機を乗り越えましたから」

「是非、ジークさんについて教えてください」

トーカは良一の頼みを快く了承した。

〝少し話が長くなりますよ〟と前置きをして、彼女は話しはじめる。

「ジークは鳥人族《ちょうじんぞく》で、ランデルのゼヴォス神殿に奉仕《ほうし》していた学者でした」

「鳥人族の学者ですか」

「とても優秀でしたよ。しかし風来坊《ふうらいぼう》な気質《きしつ》の方でもありました」

風来坊、というとあっちこっちふらふらしていたのだろうか？

だとしたら気が合うかもしれないな、などと、良一は他愛もないことを考える。

「自身の興味のある対象を見つけると、どこへでも飛び歩いていました」

「聞くだけで自由気ままな人物だというのがわかりますね」

「彼は調査隊の中で一番自由だったのかもしれません」

「報告書から感じ取れるイメージとは随分違いますけど」

良一達が読んだジークの報告書はとてもきっちりとしていて、どちらかといえば真面目で時間通りに行動するような人物像を思い浮かべていた。

「そうですね……性格は自由なのに、報告書などをまとめる際には独自のルールでピシッときまっていました。私も当時は不思議に感じたものです」

「不躾《ぶしつけ》なことをお尋ねしますが……ジークさんはもうお亡くなりになったんですか？」

その質問にトーカは首を捻《ひね》った。

「私は調査隊の任が解かれてから一度だけお会いしました。それがおよそ百年ほど前で、調査隊結成からはかなりの時間が経っていましたが、彼の見た目はそれほど変わらぬままでした。ジークは鳥人族の中でも長命な種族ですから、今も生きていると思いますよ」

まさか生きて会えるかもしれないとは思いもしなかった一行は、期待に胸を膨《ふく》らませる。

「……それは、どちらで会われたんですか？」

それなら、とトーカ神官長は少し微笑んでから答えた。

「ここです」

「リアスで？　なんで……」

　驚きを隠せない良一達に、トーカはなおも言葉を続ける。

「百年前に会った時も、彼は神の塔を諦《あきら》めていない様子でした。調査隊が解散した後も一人でずっと探し続けていたようです」

「百年間も一人で……」

　それはどれほど大変なことだったのだろう。ジークは良一達のようにゼヴォスや大精霊から神の塔の存在を保証されていたわけではない。

　あるかどうかもわからないものを探し続ける苦労は、良一達には計《はか》り知《し》れない。

「当時彼は、ふらっと私を訪ねてきたかと思うと、〝世界樹からなら神の塔が見えないか〟と言っていました」

「それは……見えないですよね」

「もちろん見えません。でも、彼がどうしてもと上りたがったので、私が許可を貰いにいきました」

「世界樹を上るのには許可がいるんですか？」

「そう、年々規制が厳しくなってきた」

　良一の問いかけに答えたのは、トーカではなくマアロだ。

トーカはそれに頷いて言葉を継ぐ。

「マアロの言う通りです。当時ならば長老会のメンバーに頼めば簡単に許可を貰えたのですが……」

「だから私も世界樹は上ったことがない」

マアロは残念そうな表情を浮かべた。そんなに登ってみたいのだろうか？

「現在は長老会の承認と、武術祭か学術祭のどちらかで優秀な成績を残さないといけません」

「武術祭と学術祭ですか……」

言葉の意味はなんとなく理解できるが、厳しい規制というからには、どちらも結果を残すのは大変そうだ。

「世界樹の上からの景色か……とても遠くまで見えるんでしょうね」

「ええ、世界樹は世界一の高さですから」

良一の呟くような声にトーカはそう誇《ほこ》らしげに胸を張った。飛空艇で旅をする良一達も同じくらい高い場所からの景色は見慣れているけれど、世界樹はまた違うのかもしれない。

「それに、世界樹に登るのは眺《なが》めが良いから、というだけではありませんよ」

「世界樹にしかない何かがある、とかですか？」

トーカは大切な秘密を共有するように含み笑いをする。

「世界樹の高層には歴代の長老達が作り上げた芸術品や、歴戦の勇士の弓などが飾《かざ》られているのです。また、〝世界樹の実〟も食べることができます」

聞き慣れない単語に一行は揃って首を傾げる。モアが元気よく手を挙げて皆の疑問を代弁した。

「世界樹の実ってなーに？」

理解できていない生徒に優しく教えるようにトーカが答える。

「遥《はる》か昔には〝それを食べれば若返る〟と噂《うわさ》された果実です」

「若返りですか」

「もちろん本当に若返るわけではないですよ。ただ、世界樹の実を食べると肌にハリや艶《つや》が出て元気になる効果があるため、若返ると噂されただけです」

良一は世界樹になる実ならもしかして本当かもしれないと思ったので、少しがっかりする。しかし、女性陣とキャリーには好評みたいだ。

ココやマアロ、メアまで目を輝かせている。モアは若返りと言われてもいまいちぴんとこないのか、人差し指を口に当ててきょとんとしていた。

そんな様子を眺めている良一に代わって、今度はスロントが口を開いた。

「見たところ世界樹はかなり大きいですからな。実もさぞかしたくさんなるのでござろう？　是非食べてみたいですな」

「残念ながら世界樹の実は食べられるようになったら、鳥がすぐに取っていってしまいますから、口にするのはとても難しいですよ」

「それほどまでに大量の鳥がいるのでしょうか？」

質問を重ねるスロントにトーカは丁寧《ていねい》に説明する。

「鳥だけではありません。世界樹は季節にかかわらず一年中実がなるのですが、どこに食べごろの実ができるかは誰にもわからないんです」

美容に効果が期待できる世界樹の実が食べられなさそうだとわかり、ココがしょんぼりする。

「そうなんですね……やはり美しさは簡単に手に入ると思うなかれ、ということなのでしょうか」

トーカは苦笑いしながら続けた。

「事前に調べようとしても、食べられるようになる前日まではそれがどこになるのか全くわかりません。ですから、世界樹の実を口にできる人はとても幸運なのです。私も昔、一度だけ食べたことがありますが、とても甘くて瑞々《みずみず》しく、美味しかったですよ」

そこまで言われると、美にさほど興味のない良一でも関心がわく。

「へえ、そこまで希少性が高いと是非食べてみたいな。……そういえば話が逸《そ》れてしまいましたね。ジークさんですけれど、今もランデルに行けば会えますか？」

「いえ、彼はもうランデルにいないと思いますよ。百年前に会った時には、神殿での職を辞したと言っておりましたので。けれど彼は生まれがランデルのようですから、立ち寄っているかもしれないですね」

「わかりました。それとできれば第一次から第四次までの調査隊の報告書を拝見《はいけん》したいのですけれど、トーカ神官長はお持ちだったりしますか？」

良一の質問にトーカは首を横に振った。

「残念ですけれど、ここにはありません。私が書いた報告書なども全て智の神ミチア様の神殿側の図書の樹に寄贈《きぞう》してしまったんです」

「図書の樹……」

そこは良一達が以前に首都リアスを訪れた際にも立ち寄った場所だ。

智の神ミチアの神殿が管理する図書館のような場所で、前に来た時、良一はモアに絵本を読んであげた。内容は亡者の丘の主になる前、勇者だったドラド王の話だったか。

確かにあそこには大きな書庫がいくつもあり、蔵書数も膨大《ぼうだい》だろう。

興味を持ちはじめた良一達にトーカはこんな提案をした。

「私からの許可証があれば蔵書を閲覧《えつらん》できると思いますが、行かれますか？」

「本当ですか！」

トーカの申し出に良一は思わず声を上げる。彼女は笑って応えた。

「ええ、石川さんの頼みであれば断るはずもありません」

「ありがとうございます」

一行は全員で頭を下げてトーカに感謝の意を示した。

「蔵書の数も膨大ですから、全てを読もうとすればしばらく時間がかかると思われます。領地の方は大丈夫ですか？」

「信頼できる執事に任せてきたので問題ありません」

「それならば心配はいりませんね。すぐに許可証を書きましょう」

良一達がもう一度礼を言ってひとまず席を立とうとすると、マアロが口を開いた。

「トーカ神官長に報告」

「報告、ですか？」

トーカは彼女の報告という言葉に覚えがないので首を傾げる。

マアロは良一の前に来て、その手を握って彼を立ち上がらせた。

続けてココの手をとると、マアロが握っているのとは逆の方の良一の手を握らせた。

これで良一の両手はマアロとココの二人に握られている状態だ。

ココはマアロの行動の意図を理解したのか、良一の手を握りこむ。

良一は二人に挟まれる形でトーカと向かい合った。

そのままマアロが報告する。

「私とココの二人は、良一と恋人になった」

ココも彼女に続いてトーカに話しはじめる。

「まだ付き合いはじめて数ヵ月も経っていませんが、二人で良一さんを支えていこうと思っています」

トーカは表情を変えず、静かに問うた。

「それがあなた達の出した答えなんですか？」

「「はい」」

「異世界から来た方には多くのトラブルが舞《ま》い込《こ》むようです。普通の生活を送れなくなるかもしれませんよ」

トーカは三百年前の魔王討伐《まおうとうばつ》の際、勇者とともに戦った経験を持つ。その勇者が良一と同じ、地球からの転生者だったらしい。そういう経緯から、トーカは良一の事情を把握している。

しかし、マアロとココはトーカの試すような言葉にも動じなかった。

「普通じゃない出来事はすでにたくさん経験しているし、普通の生活とは比べられないほどに良一が好き」

「良一さんが潰《つぶ》れてしまう程の困難に陥《おちい》った時になんの手助けもできないよりも、そういった時にこそ側にいたいんです」

良一は二人の手から固い決意が伝わってくる気がした。

眩《まぶ》しそうに目を細めたトーカは良一、マアロ、ココの三人を見る。

「覚悟は固いようですね」

彼女は一つ息を吐くと良一に向き直った。

「あなた達の姿を見ると、私が出せなかった答えを見られたような気持ちになります。石川さん、私から言うことではないかもしれませんが、彼女達のあなたへの愛情は本物だと思います。どんな時でも彼女達を信じてあげてください」

真剣に語りかけるトーカに、良一は即答した。

「もちろんです」

その答えに満足したのか、トーカは柔《やわ》らかく微笑んでこう締めくくった。

「私から三人に祝福を。未来に多くの幸せがあらんことを」

その後、彼女はすぐに許可証の準備を始めた。

許可証はトーカ自身が図書の樹を訪ねて、発行の手続きをしなければならないそうで、良一達に手渡すのは明日になるかもしれないとのことだ。

良一は彼女に急いでいないと伝えて、神殿を後にした。

◆◆◆

その晩、マアロはミラと夕食を食べる約束があったので、良一達は彼女とは別々に食事を済ませてホテルで休んでいた。

メアやモア達とゆっくりしていると、良一の通信デバイスに着信が入る。

確認するとマアロからだった。

「マアロ、どうした？」

「良一？　レストランに来てほしい」

「突然、どうしたんだ。何かあったのか？」

「お願い、一人で来て」

マアロはそれだけ言うと通信は切れてしまった。

モアが不思議そうに良一を見上げる。

「どうかしたの、良一兄ちゃん」

「いや、マアロからミラさんと一緒にいるレストランに来てくれって、連絡があったんだけど……」

「何かあったのかしら？」

キャリーも心配そうに良一を見る。

「まあ、大した用事ではないと思いますよ」

「メア嬢とモア嬢は某がしっかりと見守りますゆえ、殿は行かれてはどうですか」

「ありがとう、スロント。そうだね、じゃあ行ってくるよ。何かあったら連絡を入れるから」

ホテルを後にして、記憶を頼りに水の属性神ウンディーレの神殿近くにあるマアロの馴染《なじ》みのレストランに向かう。

少し距離はあるが、メインストリートには街灯《がいとう》もたくさんあるので迷うこともない。

良一は灯《あか》りのありがたみを感じ、イーアス村にも街灯を増やさないといけないなと考えながら歩く。そうしているうちにレストランに着いた。

「いらっしゃいませ」

店員に挨拶されながら店内を見渡すと、真ん中付近の席にマアロとミラが向かい合って座っているのが見えた。

二人のテーブルには料理の皿と酒瓶が載っている。

友人に呼ばれて来たと店員に告げて、良一はそのテーブルに向かった。

「どうしたマアロ、急に連絡なんか入れて」

「遅いぞ、石川良一」

なぜかフルネームを呼んでくるマアロ。どうやらだいぶお酒が入っているみたいだ。

「突然お呼びしてすみません」

ミラはまだましなようだが、こちらも酔ってはいる様子。

マアロとはもう何度も一緒に酒を飲み交わしているから知っているが、そこまで弱くなかったはずだ。いったい何があったのか。

「とにかく座って」

良一が状況を理解しようとしていると、マアロが隣の席を指し示す。

「酔っぱらってしまっているみたいだけど……かなり飲んだのかな」

良一はミラに話しかけながら席に座る。するとマアロがしなだれかかってきた。

人目もあるのでさすがにやめさせようとするが、彼女はすでに寝息を立てていた。

あまりの早業《はやわざ》に唖然《あぜん》とする良一に、ミラが謝罪する。

「すみません。マアロがここまで酔ってしまったのは私のせいなんです……」

「ミラさんのせい？」

「知っていると思うんですけれど、マアロはお酒に弱くはありません。でも、唯一このお店で出されているワインを飲んだ時だけは昔から酷く酔ってしまうんです」

「それはこのワイン？」

良一がテーブルの上に置かれている酒瓶を見て尋ねるとミラはこくんと頷いた。ラベルには〝リアスの雫《しずく》〟という銘柄《めいがら》が記されている。

試しに匂いをかいでみてもごく普通のワインにしか思えないが……。

ミラは言い訳するように続ける。

「最初はちゃんとこのワイン以外を飲んでいたんですけれど、盛り上がってつい注文してしまって……」

申し訳なさそうなミラに良一は首を振った。

「いや、こちらこそマアロが迷惑《めいわく》をかけなかった？」

「そんな……久しぶりにマアロとたくさんお話しできて楽しかったです」

ミラも少し頬《ほお》を赤くしながら返事をする。

「マアロから聞いたんですが、石川さんは彼女とお付き合いをされているんですよね？」

「そうだね。まだ三カ月も経っていないけれど」

「他の同期達とも話していたんです。この中で最初に結婚するのは誰だろうって」

良一は相槌を打って先を促す。

「意外にマアロが一番なんじゃないかって当時は言っていたんですけれど……まさか本当にそうな

るなんて、思いもしなかったです」

女の子のぶっちゃけトークに、良一はなんと応えていいのかわからず、ただ頷いた。

その様子を見てにやっと笑い、ミラが切り込んでくる。

「石川さんはマアロのどんなところが好きなんですか？」

「えっ、それは……」

「あ～、言《い》い淀《よど》むなんて、マアロを好きじゃないんですか」

口元に笑みを浮かべながらもミラからは力強い視線が向けられる。その迫力《はくりょく》に良一は言葉に詰まってしまった。

しかし、ミラは良一がきちんと答えないと解放してくれなさそうだ。

酒の席で相手は酔っぱらい、こちらは素面《しらふ》。どうしてもこのテンションには気圧《けお》される。

良一は隣で眠りこけるマアロをちらりと見て、ポツポツと心に浮かび上がった言葉を口にした。

「マアロのことは好きだよ」

良一がそう言うと、ミラは無言で続きを促す。

「まあ、出会って最初の印象はただの食いしん坊なエルフだった。でも、一緒に旅をしていく中で食いしん坊なだけじゃなく、心の中に芯《しん》があるのを知ったんだ。それに皆に優しくて周囲を明るくしてくれる」

「そうですね……マアロは話し方もぶっきらぼうなので、最初のうちは誤解《ごかい》を与えがちですけれど、深く付き合えばとても優しい子なんです」

「マアロは俺が領主を務めるイーアス村で、神官の仕事の他に回復魔法での治療や、青空教室で村の子供たちに授業をしてくれている」

「ええ、彼女から聞きました」

「村の住人全員が、マアロを慕ってくれているように思う」

「はい、わかります」

「色んなマアロを見てその全てが彼女の魅力《みりょく》なんだと理解したら、淡《あわ》い恋心が芽生《めば》えた、っていう感じかな。今はそれを大事に育てたい」

「なんだか面と向かって親友への熱い恋の話を聞くと、恥ずかしくなりますね……」

ミラにそう言われて、良一は勢いに任せて口にした言葉に少し顔が赤くなる。それでも、紛《まぎ》れもない本心だ。

「そういえばマアロの他に、ココさんという女性ともお付き合いをされているんですよね？」

唐突なミラの発言に良一は戸惑う。

「うん、そうだけど……」

「私は二人の女性に同時に同じだけの愛情は与えられないと考えています。ココさんと別れてマアロとだけお付き合いすることはできないんですか」

ミラも酔いが回ってきたのか、随分と踏み込んだことを聞いてくる。良一は彼女の目をしっかりと見据えて答える。

「……確かにそうだね。俺の故郷でも結婚できる相手は一人だけで、二人の女性と同時に付き合う男は悪、という扱いだった」

「なら……」

「でもマアロもココもともに旅をしてきて、多くの出来事を乗り越えてきたんだ。その気持ちに優《ゆう》劣《れつ》はつけられないし、どちらかを選ぶなんてできないよ」

「それじゃあ、二人のうち片方しか助けられない状況になったら、どうするんですか」

ミラは食い下がるが、良一も譲《ゆず》らない。

「そうなったらどちらも助けられるようになんとかする」

「なんとかって……」

「たとえどんな状況になっても、どちらかを諦めるなんて絶対にしないよ。傲慢《ごうまん》かもしれないけれど、それだけの力はあると自負《じふ》してる。そして、これからもそのために力を身につけていきたいと思う」

それは良一自身に言い聞かせている言葉でもある。

マーランド帝国では邪神相手に手も足も出なかった。

一歩間違えれば誰が死んでもおかしくなかった。同じような状況になれば今度こそ誰かに死が降りかかるかもしれない。

だから良一は神の塔を目指す。そこで〝神降ろし〟という技術を習得し、邪神からでも皆を守れる力を身につけるために。

良一の話を聞いていたミラはふいに視線を逸らす。

「石川さんの想いは充分わかりました。……マアロは本当にずるいですね。一緒に修行をしていた時から私が苦労していることを簡単にこなしちゃうんだから。それに石川さんのような素敵《すてき》な男性ともお付き合いしていているなんて……嫉妬《しっと》しちゃいます」

「いや、マアロも努力しているよ。普段は人には見せないけれど……」

マアロをフォローしようとした良一にミラはにこっと笑う。

「ちゃんとマアロを見ているんですね」

「えっ？」

「マアロがすごく努力家で繊細《せんさい》な子だって、私もちゃんと知っています。何年も一緒の部屋で生活してきたんですから」

マアロがリアスにある神官用の寮《りょう》でミラと同居生活を送った期間は長く、その絆《きずな》は深い。

良一はミラがマアロについてどう思っているのか、自分が勘違《かんちが》いをしていたと気づく。

それを弁解《べんかい》する間もなく、ミラは言葉を継いだ。

「石川さんなら、マアロを幸せにしてくれそうですね」

「ああ、マアロもココも二人とも必ず幸せにするよ」

「マアロは食いしん坊なので、大変ですよ」

ころころと笑うミラにも良一は真剣に返す。

「知ってる。でも食いしん坊なのもマアロの魅力の一つだから」

「ああ、やっぱり妬《や》けちゃうな。マアロも寝たふりでしょ。石川さんの想いは確かめられたの？」

ミラの言葉を受けて、マアロの寝息が途端にわざとらしくなる。

「グー、グー、スピー」

「いや、バレバレだから。石川さんも、マアロの狸寝入《たぬきねい》りがわからないなんてまだまだですね」

「もっと理解できるように頑張るよ」

良一は苦笑しながら応えた。

そう言ったものの、彼も早い段階でマアロが起きているのには気づいていた。

最初は本当に寝ていたようだが、途中から良一が何か言うたびに、しなだれかかっていた手や腕に緊張が走ってぴくぴくしていたのだ。

本人はあくまで寝たふりをするつもりだったみたいなので、良一もあえて気づかないふうを装《よそお》っていた。

このやり取り自体がマアロとミラの企《くわだ》てだったのかは定かでないが、良一がミラに答えた言葉に嘘偽《うそいつわ》りはない。もし二人の計画だったとしても、それはそれでいいと思っていた。

「石川さんの熱い気持ちも聞けたので、ここのお会計は私が持ちます」

「ミラ、私も払う」

「これは私から二人へのご祝儀《しゅうぎ》だからいいの。その代わり、また話を聞かせてくださいね」

そう言ってミラは立ち上がってさっさと帰ってしまった。

「それじゃあマアロ、俺達も帰るか」

良一が立ち上がると、マアロもテーブルに手をついて立とうとする。しかし体に力が入らないのか、上手くいかない。

「飲みすぎだ。……ほら」

良一が手を差し出すとマアロが掴んだ。

けれど……

「やっぱり無理。ホテルまでおんぶしてほしい」

「いや、夜になったとはいえ人も多いし、マアロの知り合いとかもいるだろう」

「ダメ？」

「いや、ダメというわけでは……」

良一もここまできたらと思い、マアロに向けて背を向ける。

のそのそと動く気配を感じ、マアロが良一の背中に覆《おお》いかぶさった。

「じゃあ立ち上がるぞ」

「うん」

足に力を入れて立ち上がると、周囲の客からは好奇《こうき》の視線が注がれる。

それを無視して外へ出ると、さぁと夜風が吹いた。

「段々寒くなってきたな」

「うん」

「ミラさんとの食事は楽しかったか？」

「うん」

「飲むのもいいけれど、歩けなくなるほどはダメだぞ」

「うん」

良一はホテルに向かいながらマアロに話しかけるが、〝うん〟という返事しか寄こさない。

なんとなく気まずい空気が流れる。

何か話題がないか考えていると、マアロが良一の首の前で組んだ手に力を込めた。

「さっきのレストランでの話、嬉しかった」

「ああ……聞いてたんだったな」

「良一は優しいから、私とは情けで付き合ってくれているとか少し考えたこともある」

「そんな不誠実なことはできないよ」

「だからトーカ神官長が、私やココを信じてほしいと良一に言ってくれた時は嬉しかったけれど、少し心が痛かった。私自身が良一を信じ切れていなかったから」

「そうだったのか。話してくれてありがとう、マアロ」

「こちらこそ、ありがとう。大好きだよ、良一」

「俺も好きだ、マアロ」

マアロはより一層力を込めて良一に抱き着く。その後、二人は無言でホテルへ向かった。


ホテルに着くと、みっちゃんとスロントが起きて待っていてくれた。メアとモアは先に寝てしまったようだ。

「おかえりなさいませ、殿」

「おかえりなさい」

「二人とも待たせてしまったみたいだね」

「殿を待つのも家臣の役目ですから。マアロ嬢は寝てしまっているみたいですな」

「どうやら少し酔っぱらってしまったみたいでね。迎えの連絡だったよ」

「左様でござるか」

明日にはトーカ神官長に許可証を貰えると思うので、良一達も寝ることにする。

マアロを部屋まで運び、起こさないように優しくベッドに寝かせる。

「おやすみ、マアロ」

良一がそう言うと、寝ているはずなのにマアロが笑ったような気がした。

◆◆◆

翌日はトーカから連絡がくるまでホテルで待つことにした。

水の属性神ウンディーレの神殿まで行っても良いのだが、催促《さいそく》していると思われるのも申し訳ない。

とはいえ、全員がここで待つ必要もないので、首都リアスは初めてだというスロント、そしてメアやモア達には観光に出てもらう。

「じゃあ、良一兄ちゃん、行ってきます！」

「ああ、気をつけてな」

「皆様の警護《けいご》はお任せくだされ」

「スロントなら安心だよ」

ココとキャリーもホテルに残ると言ったが、良一と〝トーカから連絡がきたら通信を入れる〟と約束して、二人も町へ出かけた。

こうして良一はみっちゃんと二人、ホテルのロビーでトーカの使いを待つことに。

「みっちゃん、昨日気づいたんだけど、リアスには街灯が多くて夜も安心して歩けたんだ。イーアス村にももう少し街灯を増やせないかな」

「電気式ではありませんが、魔導機式のランプであればアイテムボックスに死蔵《しぞう》されております。そちらを使用して、石川男爵家に魔導機を管理する部署を設けてはいかがでしょうか」

みっちゃんの的確な提案に良一も思案する。

「そうだな……ホーレンス公爵にも魔導機の修復技術は貴重だと言われているし、募集で来てくれた人材を割り振るのもいいかもな」

「はい」

魔導機修理の技術は、みっちゃんという古代文明の英知によるワンマンの状態だ。

良一もみっちゃんの仕事を横で見てきたので簡単な作業ならできそうだが、大がかりなものは専門的知識が欠如《けつじょ》している。

魔導機の修復技術は覚えていれば便利だけれど、領主として他に覚えることが多すぎて、現状そこまでは手が回らない。

実際、スロントのもとには諸貴族から良一に魔導機を修理してほしいという依頼が多くくるらしい。

みっちゃんを派遣できれば話は簡単なのだが、彼女は良一の秘書も兼《か》ねているので、長期間どこかに送り出すのは難しい。

そのため、小さな魔導機などをイーアス村に持ち込んだ場合のみ、みっちゃんが時間を見つけて修復するという暫定的《ざんていてき》な措置《そち》をとっている。

「魔導機を修復できる人間が増えれば、みっちゃんの負担も軽くなるからな……」

良一は一人ごちる。そうと決まれば早速計画を立てて実行に移すことにする。

みっちゃんは、まずスロントやコリアスに相談して話を進める旨《むね》を良一に伝えた。

二人でそんなことを話し合っていると、ホテルの扉が開いてトーカが姿を現した。

「あら、お邪魔をしてしまったかしら」

まさか、トーカ自《みずか》ら許可証を渡しに来るとは思っていなかったので、良一は恐縮して背筋《せすじ》を正す。

「トーカ神官長、連絡をいただけたら受け取りに行きましたのに……」

「いえいえ、それほど遠いわけでもありませんし、それにこうして歩くのも健康のためですよ」

トーカはそう言って笑う。

「こちらが図書の樹における重要書物の閲覧許可証です」

「こんなに早くいただけるとは……本当にありがとうございます」

良一が受け取った許可証にはトーカの名前が書かれており、これがあれば四人まで特別閲覧室に入室できるようだ。

「すでに司書の方達には、第一次から第四次までの神秘調査隊に関する書籍を用意しておいてほしいとお願いをしました」

トーカの心遣いに良一は素直に感謝する。

「そんなことまで、お手数をおかけしました」

「いいのですよ。それで、昨日は詳しく聞けなかったのですけれど、石川さんはどうして神の塔を目指すのですか?」

良一は少し考えるそぶりを見せて彼女の質問に答えた。

「そうですね……きっかけは神の導きとでも言いますか。でも、そこに俺の求めるものもあるんです」

真剣な面持ちの良一にトーカは頷いた。

「なるほど……私も第四次調査隊として人類未踏《じんるいみとう》の地に赴きました。その経験から言わせていただくと石川さん達にとっても大変厳しい旅になると思います。私には祈ることしかできませんが、応援しています」

そう言うとトーカ神官長はくるりと背を向ける。そのままホテルを後にする彼女のうしろ姿に、良一はしばらく頭を下げ続けた。


トーカと別れた後、良一はホテルを出てみっちゃんと二人で図書の樹に向かっていた。途中、携帯型デバイスでココやスロントにも連絡を入れる。

図書の樹の特別閲覧室に入れるのは四人だけなので、話し合いの結果、キャリーとココが良一達に合流することになった。

図書の樹には、キャリーとココも同じくらいの時間に到着した。

「待たせちゃったかしら？」

「いえ、俺達も今ホテルから来たところですから」

こちらに手をあげて尋ねるキャリーに良一は首を横に振る。

「じゃあ入りましょうか」

ココの言葉で四人は樹の入口へ歩を進めた。

図書の樹の中では、老若男女が本を読んでいる。静かな空気の中に、本特有の少しかび臭い匂いが漂《ただよ》っているのが感じられる。

入口近くの司書の人にトーカから貰ったばかりの許可証を見せると、〝こちらです〟とすぐに案内してくれた。

一階の通路を奥に進み、木製の杖《つえ》を持った警備員らしき人が立つ扉の前まで来る。

「特別閲覧室への入場者です。許可証は確認しております」

司書の女性がそう言うと、警備をしている男性二人が無言のまま扉を開けた。

「少し急な階段になりますので、手すりに掴まってお上がりください」

司書が言うように扉の先にあるのは随分と急な階段だ。

「こうも急だと、本を持って上がるのも大変そうですね」

「そうですね……貴重な本しか収められていない場所ですので、傷がつかないように慎重《しんちょう》に運んでいるんですが、やはりこの階段は少し気を遣います」

良一達も転ばないように気をつけながら上がっていく。

階段を上りきったところにある部屋には、仕切りもなく椅子と机だけがぽつぽつと置かれており、その奥にいくつもの柵《さく》で囲われた本棚が見えた。

全員が揃うと司書の女性が口を開いた。

「では、特別閲覧室の利用方法について説明させていただきます」

この場所で良一達が行動できるのは、机と椅子のある場所だけで、本棚に直接本を取りに行くことはできない。

各テーブルについている司書に言えば、希望する本を運んでもらえる。

本は持ち出せないが、紙などに書き写すことは可能。

飲食は禁止で、利用可能時間は午前九時から午後五時までである。

一通りの説明を終え、司書は良一達に問う。

「何か聞きたいことはありますか？」

「特にありません」

「そうですか。それではご不明な点がございましたら、担当の司書にお尋ねください」

ここまで案内してくれた女性はそう言って受付へ戻っていった。

彼女と入れ替わりでテーブルのそばで待機していた女性が近づいてくる。

「トーカ神官長推薦《すいせん》の石川様でお間違いございませんでしょうか」

良一が頷くと、女性はぺこりと頭を下げて自己紹介をする。

「本日、皆様のテーブルを担当させていただきます、ネブと申します」

「よろしくお願いします、ネブさん」

「トーカ神官長から、第一次から第四次までの神秘調査隊に関する書物の閲覧ということで承《うけたまわ》っております。準備させていただいておりますので、どうぞこちらへ」

ネブに案内された椅子に四人が座ると、彼女は慣れた手つきで台車に載《の》った数十冊の本を運んできた。

「こちらが第一次調査隊から第四次調査隊の報告書の写本でございます。また、何人かの隊員の手記も寄贈されておりましたので、そちらもご用意させていただきました。では、ごゆっくり」

そう言ってネブは少し離れた位置にある椅子に腰かけた。トーカの許可証があるとはいえ、重要な書物がたくさん収められているのだ。良一達がおかしな行動をとらないように監視《かんし》するのだろう。

特別閲覧室には良一達以外に学者風の中年男性が一人いるだけで、静まりかえっている。

「じゃあ、みっちゃん、前回と同じように頼む。キャリーさんとココも無理せずに自分のペースで読み進めてほしい」

「わかったわ」

「了解しました、良一さん」

そうして四人は黙々と報告書を読みはじめた。

ホーレンス公爵邸にもあった第三次調査隊の報告書などは省《はぶ》いて、なるべく効率を高める。

やはり一国の首都にある一番大きな図書館ということで書物の管理もしっかりしており、公爵邸の蔵書よりも状態は良かった。

どのくらいの時間が経っただろうか。良一達が作業を進めていたところ、ネブが机をこんこんとノックした。

「皆様、あと十分ほどで特別閲覧室の閉室時間です。退室の準備をお願いいたします」

「もうそんな時間ですか……」

ずっと同じ姿勢で固まってしまった体をほぐしながら、良一は読み進めたところまでのページ番号を控《ひか》える。

重要な書物なので、折り目をつけたり、しおりを挟んだりもできない。そのため、ここでは本のページ番号を紙に書き写すのがルールなのだそうだ。

「明日も来られますか」

四人全員でネブに頷いて応える。

彼女の〝お待ちしております〟という言葉を背に受けながら、良一達は特別閲覧室を後にした。

その夜は特別閲覧室での成果とこれからの予定を、スロントやメア達を含めた全員で共有する時間を設けた。

みっちゃんの見立てによると今回の調べものには半月くらいの時間がかかるらしく、現在は負担を軽減するべく誰がいつ特別閲覧室に入るのか、ローテーションを考えている最中だ。

そんな時、ふとスロントが面白そうな話を持ってきた。

「殿、半月も滞在するならば、こちらも参加されてみてはいかがか」

「何かイベントがあるのか？」

良一はスロントに差し出された紙を受け取って、内容を確認する。そこにはリアスで行われる武術祭について記載されていた。

「本日は今まで行っていなかったエリアまで足を運んでみたのですが、道中至るところが武術祭の準備で活気に溢《あふ》れておりましたぞ」

「へえ……内容は剣と槍《やり》と弓の三競技か。それに予選と本選も含めると一週間も開催《かいさい》されているんだな」

「それも武術祭のエントリーは本日から、開催はちょうど半月後になっているでござる」

身を乗り出して語気《ごき》を強めるスロント。やけにのりのりな彼に、良一はなんとなく察しながらも尋ねた。

「……スロントは武術祭に出てみたいの？」

「それはもちろん！　セントリアス樹国といえば、長命な種族が多い国。この国の戦士達の長きにわたって磨《みが》かれた戦技は、他国を圧倒するものがありますので」

それを聞いた良一は、いつになく熱弁をふるうスロントに笑いかける。

「なら、参加してみたらいいんじゃないかな。俺はこの三競技だと唯一剣ができるけれど、それでもまだココやキャリーさんに教わっている身だ。武術祭に出ても予選敗退は確実だから遠慮《えんりょ》しておくよ」

「いやいや殿、参加することに意義があるのです。歴戦の戦士との立ち合いに勝《まさ》る経験はございませんぞ」

食い下がるスロントの目はいたって真剣だ。良一は困ってココとキャリーに話を振った。

「うーん……ココやキャリーさんはどうする？」

「そうですね。せっかくの機会ですから私は参加しようと思います」

ココに続いてキャリーも参加を表明する。

「私も久しぶりに大会に出てみようかしらね。最近はご無沙汰だったし」

どうやらメンバーの武闘派は乗り気らしい。

こうなると、良一がこれ以上渋《しぶ》ると水を差してしまう。彼は諦めてスロントに向き直った。

「じゃあ、四人でエントリーしてみようか？」

良一の前向きな回答にスロントは嬉しそうだ。

「殿ならばきっとそう言ってくれると思いましたぞ。早速明日にでもエントリーを済ませてきます！」

言い出しっぺの彼はやる気満々の笑顔を見せた。

腕試しということなら参加する意義もあるだろう。良一はそう考えて今後の予定を頭の中で組み立てる。

「武術祭に参加するからには特別閲覧室で報告書を調べつつ、少しでも体を作る時間をとらないと危ないな」

「それはそうでござるな」

思わぬ展開になったが、最近は戦闘そのものが起きない平和な生活を送っていた。たるんでしまった体に活《かつ》を入れるためにも良一は意識を切り替える。

せっかく予定を立てていたところだが、良一はみっちゃんにスケジュールの変更をお願いした。

それから良一達は一日の半分は特別閲覧室で報告書を読み、残り半日は武術祭に向けて鍛錬《たんれん》して体の感覚を研《と》ぎ澄《す》ませる、という日々が続いた。

そんなある日、スロントから無事に武術祭に参加が認められたという報告があり、各自の受付番号が書かれた紙がそれぞれ手渡された。

「あれ、キャリーさんだけ紙の色が違いますね」

「あら、確かに」

良一とキャリーの疑問にはスロントが答えた。

「キャリー殿はAランク冒険者ですからな。受付の際の申告でシード権が発生したのでござる」

「キャリーさん、凄いですね！」

ココの賛辞《さんじ》にキャリーは少し照れた様子を見せる。

「そんなことないわよ」

毎年、武術祭には多くの人々が参加するらしい。セントリアス樹国だけでなく、他国の著名な戦士も出場するため、とても盛り上がるのだと、マアロが皆に説明する。

概要《がいよう》を確認していた良一が呟く。

「自己強化や武具強化の魔法は使用可能でも、ファイアーボールみたいな相手に直接干渉《かんしょう》する魔法は禁止なのか……」

もちろん試合中の回復魔法も禁止だ。

「まあ、剣の技術だけというのも安全を考慮してのことなのでしょうな」

皆めいめいに素振《すぶ》りをしたり、得物《えもの》の手入れをしたりしている。

リアスには武術祭の参加者や観戦しに来た人が続々と集まりはじめて、良一達が泊まっているホテルもほとんど満室になっていた。

一行は随分とタイミングよく来ることができたようだ。

今、良一達がいる場所も、他の武術祭の参加者が何十人もいる。

リアスで剣を振るうと周囲に迷惑をかけるので、町を出て少し開けた場所まで来ていた。

また、リアスの町中ではそういうトラブルがポツポツと発生しているので、メアやモアにはホテルでおとなしくしてもらっている。

図書の樹でやらなければいけないことなども考えて、良一達も無理はしない程度にその日の練習をこなした。

二章　いざ、武術祭

神の塔に関する調べものと練習で忙しくしているうちに、武術祭当日はあっという間にやってきた。朝から多くの人々が大会会場へと押し寄せる。

観客が予想以上に多くて観戦したいというメアやモアの安全が心配だったが、武術祭に良一達が参加すると聞いたトーカ神官長が神殿関係者席を手配してくれた。

首都リアスに建立《こんりゅう》されている神殿の神官達は、武術祭における負傷者の治療《ちりょう》に駆り出されている。そのため、神殿関係者の待機場所は試合会場のすぐそばにある。

マアロも回復要員として働いてくれれば、メアとモア、そしてみっちゃんもマアロの補助という立場で受け入れてくれるとのことだ。

そこならば相応の警戒態勢なので、万が一の心配もない。良一はありがたくトーカにお願いすることにした。

「さて、いよいよ武術祭本番だけど、なんとか予選くらいは突破したいな」

呟く良一にキャリーがアドバイスを送る。

「まあこう言っては悪いけど、良一君には荷が重い相手も多そうだし、がんがん攻めるよりはとりあえず〝耐《た》える〟のを意識したらいいんじゃないかしら」

「そうですかね……」

予選の初戦はバトルロワイアル方式だ。約百人が一度に入り乱れて戦い、各組十人まで絞《しぼ》り込《こ》まれる。

キャリーはシードのため、参加するのは良一とココ、スロントの三人。ここは組み合わせがばらけたので、初戦から戦うことにならなくて良かったと、良一は内心ほっと胸を撫《な》で下《お》ろす。

「では殿、ご武運を」

「良一さん、頑張ってください」

「いつもの調子でね、良一君」

良一の組み合わせは初戦第一組。スロント、ココ、キャリーに見送られて会場に向かう。

試合場は周りよりも一段高くなっており、ここから外に出たら脱落《だつらく》である。

やる気を漲《みなぎ》らせた百人もの戦士が試合場に上がった。

司会進行の男性が会場を盛り上げるために、注目すべき人物の名前を挙げていく。

有名人がいるのか、名前を呼ばれると客席から歓声が上がる。

「そして、第一組の中で最注目の人物といえばこの人！　隣国カレスライア王国の貴族でありながら、樹国南部にあったあの亡者の丘解放の立役者。英雄、石川良一男爵‼」

　進行がそう告げると、会場は一気に盛り上がった。突然名前を読み上げられた良一はびっくりして思わずあたりを見回してしまう。

　しかし知られているのは名前だけのようで顔まではバレていないらしく、試合場の上にいる参加者達は誰が良一なのか、方々に顔を向けて探しはじめた。

　これは正体がバレると、真っ先に狙《ねら》われてしまう可能性がある。

　良一が少しでも目立たないように縮こまっていると、一人の男性と目が合った。

　その男はこちらに軽く会釈《えしゃく》をして笑いかけてきた。

「お久しぶりです」

「はぁ、どうも」

「いえ、突然申し訳ありません。私の顔など覚えてはいないでしょう。亡者の丘でトーカ神官長と一緒に行動していた神殿騎士の者です」

「そうだったんですか。これはお久しぶりです」

「まさか、こうしてあなたと剣を交える機会が訪れるとは……ウンディーレ様に感謝いたします」

「こちらこそ、お手柔らかにお願いします」

はなから正体を知られている人物がいるとは思わなかったが、神殿騎士の彼も騒ぎ立てなかったので良かった。良一がそんなことを思っていると、今度はまた別の男性と目が合った。

しかし、その男性が口を開こうとしたタイミングで、司会の男性が声を張り上げる。

「では参加者の紹介も終わりましたので、予選を始めさせていただきます。それでは――予選開始!!」

良一は目が合った男性とは言葉を交わす暇もなく、試合場の上は一気に戦闘態勢に入り、剣がぶつかり合った。

予選で使用する剣は全て木剣なので、打ちどころが悪ければ最悪死ぬ可能性もあるが、よほどのことがなければ大丈夫だ。

試合場の上では参加者が近くにいた他の参加者と斬《き》り結《むす》んでいる。

ガツッ、ゴツッという鈍《にぶ》い音に混じって叫《さけ》び声《ごえ》や掛け声なども次々とあがる。

良一自身にも複数の人物が一斉《いっせい》に襲いかかってきた。

肉体強化の魔法をかけて、なるべく一対一になるように位置を変えながら対処する。

「いざ、尋常《じんじょう》に勝負!」

「くらえ!!　我が家に伝わるカザト流奥義《おうぎ》!!」

参加者の剣の腕前は良一と同じか少し上くらいだが、いざ相対してみるとココやキャリー、スロントに比べたら未熟《みじゅく》さが目立つ。

たとえ熟練者《じゅくれんしゃ》であってもあの三人とはれっきとした差が感じ取れる。この調子ならば、キャリーの言っていたように防御《ぼうぎょ》に徹《てつ》すればなんとかなりそうだ。

良一は一瞬、視線を周囲に巡らせる。試合場に残っている者は徐々に減っているが、それでもまだ半分くらいにしかなっていない。

ここまでで参加者達も互いの実力を大まかに判断しはじめている。

良一の組には彼が敵《かな》いそうにないくらいの圧倒的な実力を持った人物が七人ほどいた。

そして、その人物達の周りには空白地帯が生じている。誰も勝算のない相手とは戦いたくないのだろう。

そして当の実力者達も体力を温存するためか、積極的に他の参加者に攻撃を仕掛けない。

良一は自分がどう動くべきか思考を巡らせるが、なかなか考えがまとまらない。

この調子でいけば予選は勝ち残れるという自信に変わりはないけれど、精神的にも体力的にもかなり消耗《しょうもう》する。

キャリーの助言に背《そむ》くことになるが、ここは少しだけ打って出よう。良一はそう決めて、徐々に試合場の端っこ、ぎりぎりまで移動した。

試合の流れが動くと観客も判断したのか、全員の視線が集まるのを感じる。

参加者は良一が誘《さそ》っているとわかっているが、自分が勝ち上がるには良一が一番可能性のある相手であるのも理解しているので、迷わず向かってきた。

雄叫《おたけ》びを上げながら一人の男性が突撃してくる。

良一はその剣を真正面から受け止めた。

そして自身と木剣に重力魔法をかけて、重量を上げていく。

この時、一気に重さを上げるのではなく、徐々に増やすのがポイントだった。

向こうも決死の覚悟で飛び込んできて、鍔迫《つばぜ》り合《あ》いに負けないように力を込めてくる。

そこで相手の力がピークに達した時に、一気に重量を上げて力業《ちからわざ》で場外へ押し出す。

相手は限界まで力を出し切っているので、このようにすれば為《な》す術《すべ》もなく場外敗北に追い込める、という寸法《すんぽう》だ。

良一に敗北した男性を見た他の参加者達は若干二の足を踏んだようだが、それでも力自慢《ちからじまん》の剣士達は次々に挑《いど》んでくる。

その挑戦者を次々と捌《さば》いていくと、その度に会場のボルテージも高まっていく。

すでに勝ち残りを確信している剣士達も興味深げに良一を観察していた。

おそらく誰よりも多くのライバル達を相手にした良一の頑張りと、他の参加者同士の勝負で、ついに十一人まで絞られた。

「まさか、こうなるとは……」

「そうですね」

良一が対峙《たいじ》するは、開始前に話していた神殿騎士。

大粒《おおつぶ》の汗を流す良一だが、相手にも疲労が見て取れる。

「全力でいかせていただく」

「俺も全力でいきます」

迫りくる神殿騎士に、良一は渾身《こんしん》の力を込めて剣を振るう。

その太刀筋《たちすじ》が相手のそれと重なった瞬間、神殿騎士の木剣が音を立てて折れた。

ややあってその剣を見つめていた神殿騎士は、目を瞑《つぶ》り、降参を宣言した。

「試合終了!!　第一予選から白熱の試合展開が見られました。参加者の方々に大きな拍手《はくしゅ》をお願いします！」

司会の男性の音頭《おんど》に会場中から拍手が送られる中、勝ち残った参加者にも軽く腕を上げたりして応える者がいるにはいるが、大半はさっさと試合場から降りて控室に移動していった。

良一も彼らに続いて試合場を後にする。

「お疲れ様です、良一さん」

「殿の実力を世間に示すことができましたな」

控室でココとスロントが声をかけてきた。ぎりぎりのところで勝ち抜けた良一は大きく息を吐いてから二人に笑ってみせる。

「いやいや、思った以上に体力を使ってしまったよ……」

その言葉には試合前にアドバイスをくれたキャリーが反応した。

「良一君も途中で打って出たけれど、もう少し我慢しても良かったかもしれないわね」

「やっぱりそうでしたか……」

やはり仕掛けるタイミングが少し早かったかもしれない。

試合の反省も含めて良一がタオルで汗を拭《ぬぐ》いながら話していると、スロントの組が呼ばれた。

「スロント、頑張れよ」

「殿の家臣として恥ずかしくない実力を示しましょう」

そう宣言したスロントは危なげなく予選のバトルロワイアルを突破する。

その重量級の一撃で他の参加者達をなぎ倒し、早々に彼に挑む者はいなくなった。

傍《はた》から見ると、この組み合わせの中ではスロントの実力は飛び抜けている。

司会進行の紹介では扱われていなかったが、思わぬダークホースに会場も興奮しているようだ。

続いてココの予選が行われた。相変わらずの綺麗《きれい》な剣技は熟練のエルフ剣士にも劣《おと》らない。それらを駆使して、こちらも予選を抜けた。

ココの狗蓮流《くれんりゅう》はセントリアス樹国でも知られているのか、良一の近くにいた武術祭参加者もココの剣技について他の者達と語っていた。

これで良一、スロント、ココの三人は予選一回戦を順調に勝ち進んだことになる。

少しの休憩時間が取られた後、本日最後の催《もよお》しである予選二回戦が始まる。

二回戦も一回戦と同じくバトルロワイアルなのだが、今度は三人のみで行う試合だ。

勝者は一人で、これで勝ち残った者が本選へと進める。

そしてこの試合から、シード権を持つ人物が試合に参加する。

二人の予選突破者に一人のシード権を持つ参加者、というのが大体の組み合わせのようだ。

良一達は昼食を軽めに済ませて、午後の予選へと意識を集中する時間を取った。

一回戦ではだいぶ力業で攻めたけれど、次の試合ではそれだけでは通用しないだろう。

良一がどう戦おうか考えていると、試合の組み合わせが発表された。どうやらまたしても、ココやスロントなどと同じ組にならなかったみたいで一安心だ。

四人の中で最初に戦うのは、今回も良一だった。

対戦相手の名前を確認するが、全く知らない。

しかしキャリーは相手の一人にぴんときたようだ。

「この〝リッカ〟という子には聞き覚えがあるわ」

「キャリーさんと同じシード枠ですもんね……かなりの実力があるってことですか」

「私もチラッと聞いただけだけれど、良一君やココちゃんと同い年くらいの女性だったかしら……確かエルフの子で綺麗な剣技を披露《ひろう》していたはずよ」

キャリーからの情報に良一は心が沈《しず》む。

先ほどの予選一回戦でもエルフの剣士が多く勝ち残っていた。どうやら対戦相手も名のある一人らしい。

良一はなんとか心を奮《ふる》い立《た》たせて、気を引き締め直した。

そのうちに良一の名前が呼ばれ、待機スペースへ移動させられる。

すると突然、一人の男性に話しかけられた。

「まさか、こんなにも早くお主《ぬし》と戦えるとは思わなかったでごじゃる」

「ごじゃる？」

思わぬ語尾《ごび》に驚き声の主を見ると、先程の予選で良一と目が合って話しかけてこようとしていた男性だった。よく見ると、彼はトーカと同じエルフのようだ。

「さっきは無粋《ぶすい》な司会の男に邪魔されたが、改めて言わせてもらうでおじゃる」

「なんの用でしょうか？　失礼ですが、初対面ですよね？」

「麻呂《まろ》の名はキミヒロ・ガマダ・エリュー。このセントリアス樹国建国時から続く由緒正《ゆいしょただ》しきエリュー家の次期当主であるぞよ」

良一の質問に自己紹介で返すエルフの男性――改め、キミヒロ。

「初めまして。カレスライア王国男爵の石川良一です」

「……知っておるわ」

キミヒロは唾《つば》を飛ばしながら良一の挨拶を切り捨てる。

「何か自分が失礼をしましたでしょうか……？」

「知れたことよ。半月ほど前、トーカにそなたの名前を聞いた時から腸《はらわた》が煮《に》えくり返っておったのよ」

「半月前？　トーカ……それはトーカ神官長のことですか？」

「他に誰がおる」

「えっと……確かに私達が首都リアスに来たのはそのくらいですが、それがトーカ神官長となんの関係が？」

「名前を偽っておるが、お主がトーカの想い人であるシンという男なのであろう」

思ってもみなかった方向性の話で問い詰められた良一は、きょとんとして言葉を返す。

「……えっ、違いますけど」

しかしキミヒロは彼の弁明など聞いていないみたいだ。

「誤魔化すな！　資料にもシンという男が名前を変えたと記録に残っておる。変わった後の名前は消されておったが……石川良一、お主だろう」

「ですから違いますって」

「亡者の丘から戻ってきたトーカは随分と憔悴《しょうすい》しておった。そんなトーカが不憫《ふびん》だったので麻呂が気晴らしに誘ったのだ。けれど彼女はなかなか首を縦に振らなんだ。それがなんだ、石川良一。お主がリアスに来てからというもの、トーカは見違えるように元気になった」

「それは誤解です」

亡者の丘で相対したシンことドラド王の一件は、トーカの姉が原因の一つだった。それで彼女が落ち込んでいたのはわかるが……

どうにかキミヒロの勘違いを正そうと良一は言い返すものの、彼は止まらない。

「全く憎《にく》たらしい。そんなそなたが武術祭に参加すると聞いて、麻呂はいてもたってもいられなくなったのよ」

「はい、はい」

「ふん、麻呂の剣技にひれ伏《ふ》すが良いわ」

「エリューさんはトーカ神官長のことが好きなんですか」

もう相手をするのも面倒になってきた良一がストレートに尋ねる。

「な、な、何を言っておるのじゃ⁉　全くこれだから人間は……なんでもすぐに恋だ愛だと結び付けたがる。少しは慎《つつし》みというものを持たんのでごじゃるか！」

良一はここまでのやり取りで、キミヒロがトーカ神官長に好意を寄せており、彼女に世話になっている良一を誤解して嫌っているらしいと悟《さと》った。

恋は盲目《もうもく》という状態なのか、良一の言葉は一つも届いていない。

「あら、石川さん。一回戦の第一試合見ていましたよ」

なんというタイミング。良一とキミヒロが話しているところにトーカが現れた。

彼女はキミヒロにも笑いかける。

「キミヒロ卿《きょう》、こんにちは。武術祭に参加されているとは驚きましたよ。怪我《けが》には気をつけてくださいね」

「ト、トーカ！　麻呂はそなたに武術祭での活躍《かつやく》を見てもらいたいのだ」

「はい、もちろん見ていますよ」

「本当か！　そうか、ならばこれまで以上に麻呂の活躍をしっかりと見ておいてほしい。そしてそなたには麻呂の気持ちに……」

最後はもにょもにょと尻《しり》すぼみになるキミヒロ。そのまま言葉を失い、試合場へ走り去っていった。

その姿をトーカと見送った良一が口を開く。

「随分と独特な人ですね……」

「ええ。でも悪い子ではないんですよ。誤解を受けやすいですが、このセントリアス樹国を思う気持ちは本物ですから」

「それはなんとなくわかりますけど……それ以上にトーカ神官長に好意を向けているような……」

「それは誤解ですよ」

良一の指摘をトーカが笑って否定する。

「いや、でも……」

「石川さんに何を言ったかはわかりませんが、私は彼が赤ちゃんの頃からお世話していたのですよ。キミヒロもそれで私を慕ってくれているだけです」

「なるほど。そうだったんですね」

「はい。では、石川さんも頑張ってくださいね」

良一はキミヒロがトーカ神官長に想いを届けるのは難しいだろうなと苦笑しながら、彼の後を追って試合場へ向かった。

前の試合が終わったようで、入れ替わりで良一達が試合場へあがる。

キミヒロはトーカ神官長の励《はげ》ましを受けてやる気を漲らせているのか、軽くステップを踏んで良一を見ている。

もう一人の相手、シード枠の女性エルフ剣士も感情の読み取れない表情で剣を提《さ》げていた。

「それでは次の試合を始めます」

膨大な数の試合があるので、進行役はすぐに試合の開始を告げる。

「石川良一、覚悟！」

キミヒロは試合開始と同時に、女性剣士リッカには一切の注意を払わず、真っすぐ良一に向かってきた。良一はキミヒロとリッカが二人同時に視界に入るように立ち位置を調整する。

「キエェー!!」

キミヒロは甲高《かんだか》い掛け声で、上段から剣を振り下ろした。

良一はその剣に合わせるように自身の剣を構えるが、直前でキミヒロが剣筋を変える。

しかし良一もそれにギリギリで対応した。

手に汗握る攻防の中、リッカにも意識を向けなければいけない。そうすると、キミヒロへの対応もさらに厳しくなってしまう。

「お主を倒して、トーカに麻呂の勇姿《ゆうし》を見せるのじゃ！」

性格は別にしてもキミヒロの実力は高いため、対応をなおざりにはできない。やはり予選一回戦を勝ち上がるだけの実力はあるのだ。

力業に頼る良一やスロントと違い、彼の剣筋はココやキャリーのように才能と努力が合わさって洗練《せんれん》されたものであると、数度打ち合っただけで理解できた。

一対一の試合だったとしても、キミヒロ相手での勝率は良くて五分五分、もしくは良一が負ける確率が高いかもしれない。

《神級分身術》や精霊のリリィとプラムが使えるなら負けはしないが、これらが禁止された武術祭でそんな仮定は意味をなさないのだ。

焦《あせ》る良一を尻目《しりめ》に、もう一人の対戦相手であるリッカは先ほどから剣に手を添《そ》えたまま動きを見せていない。

「トーカ、待っていておじゃれ。そなたに優勝の栄誉《えいよ》に輝く麻呂の姿を……」

先ほどから似たようなことを言いながら攻め続けるキミヒロに対し、このままではじり貧《ひん》は変わらないと考えた良一は、イチかバチかで女性剣士リッカを巻き込む。

キミヒロの攻撃を振り払い一旦距離を取ると、試合場の縁《ふち》に沿って走りはじめる。

良一の立ち位置を変えて均等だった三者の距離を崩《くず》し、強引にリッカを巻き込もうという作戦だ。

そして試合開始から初めてリッカが動きを見せた。

添えていた手をぴくりと動かしたかと思うと、無言で剣を抜き放つ。

「キイィッ！」

キミヒロが叫び声を上げながら、彼女の剣を受け止める。しかしリッカはその一閃《いっせん》だけで、彼を大きく弾き飛ばした。

彼女は改めて良一とキミヒロの両名を見据え、剣を腰に差し直す。

「さすが、ハヤブサ流の使い手よ……」

どうやらキミヒロは女性剣士を知っているようだ。

これにより、ようやく彼も良一だけでなくリッカにも意識を向けるようになった。

良一の賭《か》けはなんとか成功したようだが、先ほどのリッカの一閃が小手調《こてしら》べの技ならば、勝ち目が見えない。

「石川良一、手を貸すでごじゃる。こやつ相手ではさすがの麻呂も少してこずる。ハヤブサ流の使い手を倒した後に、お主と決着をつけるでごじゃる」

女性を二対一で追い詰めるのは格好悪いが、実力差を考えれば彼と協力しなければリッカには敵わないだろう。キミヒロの提案に良一は頷いた。

「わかった。一時休戦だ」

良一の返事を聞くが早いか、キミヒロはリッカに斬りかかった。

そして、良一もその後に続く。

その瞬間、少しだけリッカの体がぶれた。

足を動かさないまま、居合術《いあいじゅつ》のように抜刀《ばっとう》したようだが剣先が全く見えない。

「ここまで速いとは……さすが神童でごじゃる」

「くっ……うわ!?」

キミヒロは弾き飛ばされ、良一も突如胸を襲った衝撃に言葉を失う。

スロントとの鍛錬で〝呼吸もできないほどの一撃を受ける〟練習をしていなければ、意識を飛ばされていただろう。

良一はなんとか堪えたが、足が少しだけ震えてしまう。

まともにくらったキミヒロもぎりぎりで耐えたみたいだ。

リッカは相変わらずの無表情のまま、こちらが動きを見せる前に歩きはじめた。

その先ではキミヒロがまだ息を整えている。

しかし、彼はここで立て直さなければまずいと思ったようだ。

「キエェーイ!」

今日一番気合いのこもった叫び声を上げて、ぎりぎりまで引き付けたリッカの体に一閃を叩《たた》き込《こ》む。その一撃はココにも通じるほどの綺麗な剣筋だった。

しかし、無情にもキミヒロの木剣はカンッという甲高い音を立てたかと思うと、彼の手を離れて飛んでいった。

これでキミヒロの敗退が決定した。

そうなるとリッカの目標は良一だけになる。

彼女は隙《すき》を見せない構えを取りながら歩いてくる。

とりあえず剣筋が見えなければ話にならないので、良一は肉体強化の魔法で動体視力を極限まで高めた。

二人の間が四メートルを切った時に、再びリッカの体がぶれる。

今度はなんとか動きを目で追うことができ、彼女の剣の軌道《きどう》に自身のそれを無理やり合わせた。

けれどその一瞬で伝わってくる感触は、まるで地面を打ったかのように重いものだった。

手がしびれて剣を手放してしまいそうになるが、指と手に重力魔法をかけて無理やり握りこむ。

「まだまだ……」

良一は気合いを入れ直すために声を上げようとしたところで、自分の身体がゆっくりと前に倒れていくのを自覚した。同時に強烈な痛みが腹部を襲う。

どうやら木剣をいつの間にか叩き込まれたようだ。

「敵わないな……」

素直にそう思いながら、良一は膝をついた。

「勝負あり！　勝者はハヤブサ流リッカ！」

尋常ではない痛みで、決着がついた瞬間に《神級再生体》で怪我を治す。

しかしいまだに衝撃が記憶に刻《きざ》まれているのか、無意識に右手で腹をさすってしまう。

「驚いた。一閃を受けて意識を保っているなんて」

「少しは鍛《きた》えているんで……」

リッカが少しだけ驚いた表情を浮かべた。漏れ出た声はとても綺麗だ。

良一も調子よくそう答えるが、リッカはそれに応えることなく試合場を後にする。

キミヒロは木剣を手放した時点で降参したので、すでに試合場から降りている。

良一は彼のもとに歩み寄った。

するとキミヒロがぼそっと呟くように言葉を発する。

「ハヤブサ流の一閃を体に受けてなお意識を保つとは、見事でおじゃる」

「ありがとう。負けてしまったけど、最後のあなたの剣技は綺麗でしたよ」

「……またいずれ戦うでおじゃる」

キミヒロはそれだけ言って、立ち去っていった。

◆◆◆

良一は治療室には行かずに控室に戻ると、スロントとココが心配そうに迎えた。

「殿、ご無事ですか？」

「良一さん、体は……」

「大丈夫だよ。能力で怪我も治したからね」

二人はほっと息をつく。

「殿の仇《かたき》は某が必ず取りますぞ」

「いや仇って……俺は死んでいないし、正々堂々勝負したんだから」

良一は大げさなスロントをいさめる。

そんなやり取りを交わしていると治療室からマアロがやってきた。

「良一、大丈夫？」

「ああ。問題ないよ」

「良かった」

どうやら治療室にいた人達もハヤブサ流の一閃を受けた良一が自力で試合場から降りて、治療室ではなく控室に戻ったことに驚愕《きょうがく》していたようだ。

治療室では〝さすが亡者の丘を解放した英雄〟と騒がれているらしい。

「なんだか恥ずかしいな……」

「でも、良一は頑張った」

マアロがそうねぎらってくれるが、あそこまで実力差があると悔《くや》しいという感情もあまりない。

自分の実力が圧倒的に足りなかったのだ。そして足りなければ身につければいい。

新たな目標もできたので、これからも精進《しょうじん》しようと良一は心に決めた。

「次はココの予選か、頑張って」

「ファイト」

「はい、頑張ってきます」

良一とマアロの激励《げきれい》を受けて、ココは予選二回戦に向かう。

彼女は二回戦も危なげなく勝利し、さらにはキャリーとスロントも勝ち残った。

これで良一達四人のうち三人が武術祭の本選へ進むことになったのだった。

◆◆◆

「それでは、ココとキャリーさんとスロントの武術祭本選の出場を祝って、乾杯！」

「「「乾杯！」」」

武術祭の剣部門の予選が終わった夜、良一達はホテルで三人の祝賀会を行っていた。

マアロによれば本選に残るのはとても名誉なことらしい。

本選は三十二人のトーナメント方式で行われる。

組み合わせを見ると、ここにいる三人は一回戦こそぶつかっていないが、二回戦まで勝ち残ればキャリーとスロントが戦うことになる。

また、ココの一回戦の相手は良一が敗れたリッカだった。

ココはやる気を漲らせているが、本人曰《いわ》く勝算は五分五分らしい。

「それにしてもベスト8に残れば、世界樹に登る許可が下りるのか……」

良一の呟きにキャリーが反応する。

「そうみたいね。でも、ほとんどの出場者の狙いは大会賞金と名誉みたいだけど」

「優勝賞金で金貨百枚は凄いですよね……」

ココが想像できないというように口を開いた。

「その代わり二位以下の賞金はないけどね」

「まあ、私としてはお金は充分あるから、世界樹の実を食べてみたいわ。肌のハリが手に入るんでしょう？」

皆で談笑しつつ、良一達は疲れた体をしっかりと休めた。

明日から始まる本選は二日に分かれている。

明日は半分の十六人が試合を行い、明後日に残りの十六人、といった感じだ。

二回戦から決勝にかけてはそれぞれ一日ずつ休養日を挟んで行われるらしい。

「ココは明日で、スロントとキャリーさんは明後日ですよね」

良一が確認すると、ココは、はいと頷いた。

「それなら明日はココちゃんの応援に集中できるわね」

「良一兄さん、明日は私達と一緒に応援するんですよね？」

メアが良一に尋ねる。

「ああ、図書の樹には皆の試合が終わってから行くよ。結果が気になって調べものに集中できそうにないからね」

それを聞いたメアとモアは手を取り合って喜ぶ。

「私もそれが良いと思うわ。さて、それじゃあ明日からも頑張りましょう！」

キャリーがそう宣言して、皆で気合いを入れた。

◆◆◆

翌日、ココは一人で集中したいからと、朝食もそこそこに試合会場に移動した。

良一達も彼女を邪魔しないようにサポートに徹した。

試合会場はすでに多くの人で溢れている。良一達は今日試合を観戦する、本選出場者関係者席に向かった。

メアやモアは飲み物などを手際《てぎわ》よく手に入れており、観戦準備は万端整っている。

「ココは第三試合か……」

「良一兄さん、ココ姉さんは勝てますよね……？」

「うーん、勝てなくはないと思うけど、かなり厳しい戦いになるのは間違いないかな」

「やっぱり、そうなんですか……」

メアは試合が始まる前から、ずっとはらはらしている。

しかし、良一はメアほど心配していない。

「大丈夫だよ、メア。ココなら勝つさ。だから俺達は精一杯応援しよう」

「……そうですね。大きな声で応援します！」

そうこうしていると本選の一回戦が始まった。

続々と出てくる本選出場者の試合はやはり高レベルで、ほとんどが良一の負けたリッカと遜色《そんしょく》ないくらいである。

剣のみという条件下の良一では相手にならないだろう。

良一は改めて剣の技術を磨き上げた剣士達に尊敬の念を抱く。

一試合目は、一撃必殺を信念とする剣士二人の試合だったので、数分で決着がついた。

二試合目はタイプの異なる剣士同士の試合だったが、最終的にはスロントのようなパワータイプの剣士が全てをねじ伏せる一撃で決めた。

そしていよいよココの試合だ。

ココとリッカ、美女同士の試合ということで会場も自然と盛り上がる。

「ココ姉さん、ファイトです！」

「ココ姉ちゃーん‼　頑張ってー！」

メアとモアはココの姿を見て、手をメガホン代わりに大きな声で声援を送った。

二人の声が届いたのか、ココは観客席の良一達の姿を捉《とら》えると手を挙げて応えた。

「メアとモアの応援がちゃんと届いたみたいだな」

「はい！」

「うん！」

ココが試合場に上がると、その後を追うようにリッカも続く。

そしてお互いに剣を構えて対峙した。

ココはいつもの中段の構えでリッカに剣先を向ける。リッカは昨日と同じく、腰に差した木剣の柄《つか》に手を添えていた。

二人の緊張感が会場にも伝わりはじめ、会場の声も静まっていく。

ピンと張りつめた空気の中、審判が試合の開始を告げた。

「第三試合、はじめ！」

まず最初に動いたのはココだった。

踏み込みからの高速の一閃。昨日のリッカと似たような剣技である。

リッカはそれを無表情のまま弾き返す。

手ごたえはなかったものの、ココは同じ踏み込みの攻撃を重ねていく。

単調なやり取りだが、二人はまだまだ本調子に至っていない。剣を振るう速度を見れば明らかだ。

互いに出方を窺うようなやり取りを繰り返していたが、次はリッカが動いた。

昨日までの一撃必殺の一閃ではなく、フェイントや緩急《かんきゅう》を織《お》り交《ま》ぜた怒涛《どとう》の斬り込みだった。

「良一兄さんは目で追いきれますか？」

メアが尋ねるが、良一は首を振った。

「無理だな。どうしても途中で剣筋を見失ってしまう」

「でもココ姉さんは対処できていますよね」

「そうだな……余裕はなさそうだけど一撃ももらっていないいな」

ハイレベルなやり取りが一分は続いただろうか。再び流れが変わったのは、リッカのラッシュにココがカウンターを返してからだ。

リッカはそのカウンターを受けて一度距離を取り、仕切り直す。

二人の攻防に一区切りつくと、会場は一気に歓声に包まれた。

良一の近くの席でも、二人の応酬《おうしゅう》を評価したり応援したりする声が聞こえる。

「ココはあのリッカ選手相手に凄く良い勝負をしているんじゃないか」

「ココ姉ちゃん、頑張ってるよ！」

今度はモアが声を上げて良一に応える。

「ああ、技量は互角《ごかく》と言ったところじゃないかな」

厳しい戦いには違いないが、ココの勝機はまだまだありそうだ。

お互いが一呼吸挟むと、再度ココが仕掛けていく。

彼女のあの構えは良一達も何度か見ている。狗蓮流の奥義の構えだ。

ココも狗蓮流の免許皆伝《めんきょかいでん》の実力者なので、奥義をいくつか持っているが、この技は剣が増えたかのように見える速さで斬りつける技だったはずだ。

リッカも真剣な表情でココを真っすぐ見据え、技を受け切ろうと身構える。

一瞬の後、ココは狗蓮流奥義を叩き込んだ。

リッカも目で捉えられない速さで身を捌きながら、剣で防ごうとする。

しかしココの奥義は見事に決まり、リッカの肩や足にココの剣が炸裂《さくれつ》した。

ただリッカは苦痛に顔をゆがめたものの、まだまだ戦意を喪失《そうしつ》していない。

武術祭は剣士の気絶か場外に出たことを審判が確認しない限り、判定が下されない。

奥義まで駆使してここで決めきれなかったのは、ココには厳しいものがある。

リッカはココに容赦《ようしゃ》なく剣を振るった。

その剣筋は先程のダメージなど微塵《みじん》も感じさせない速さで、もしかしたら良一が今まで見た中で一番の速度かもしれない。

ココもなんとか食らいつくが、奥義を使った影響か、集中が少し切れている。

それを見て取ったリッカのまとう空気が変わった。

どうやら奥義か、それに近い大技を繰り出すみたいだ。

ココも直感でそれを感じたらしく、防御態勢を取る。

すると突然、リッカの方向から突風が吹いた。

一瞬目を逸らした良一が試合場に視線を戻した時、大きく剣を振りぬいたリッカの姿がそこにあった。

そしてココの足元には大きな亀裂《きれつ》が走っている。

ココがリッカの大技の方向をぎりぎりで逸らしたようだが、彼女の木剣には大きなひびが入り、一度でも振るえば粉々《こなごな》に砕《くだ》けてしまいそうだ。

また、ココの体には無数の傷がついていた。

予選と同様、本選でも相手に直接ぶつける魔法は禁止されている。リッカの今の技は剣による純《じゅん》粋《すい》な衝撃波《しょうげきは》だったようだ。

互いに大技を出し切った今、次の一撃で全てが決まるだろう。

木剣にひびが入った状態では相手の技を受けることはできない。必然的にココは自分から仕掛けるしかない状態だ。それを堪え切れたらリッカの勝利という形になる。

次の動きに会場中の注目が集まる中、ココは自ら木剣を折った。

皆が彼女の突然の行動に驚いたが、ココはバラバラになった木剣の先端《せんたん》を短剣《たんけん》のように握りこんだかと思うと、リッカを急襲《きゅうしゅう》した。

しかし彼女も慌《あわ》てることなく、ココを迎え撃つようにして高速の一閃を浴びせる。

ココはぎりぎりまで目を見開いて、振るわれた木剣を見切った。その場で体を器用に捻り、紙一《かみひと》重《え》で避けて、木剣の先端をリッカの胸に叩き込んだ。

ドンッという音とともにリッカの体は場外まで吹き飛ばされる。

「場外！　勝者ガベルディアス選手！」

審判が判断を下すと、会場がどっと沸いた。

「ココ姉ちゃん、凄い！」

「やりました！　ココ姉さんの勝ちです」

「本当に凄いな。あのリッカ選手に勝ったよ」

しかしココも体力を使い果たしたのか、その場でうずくまってしまった。

すぐにマアロがココに駆け寄り、回復魔法をかけはじめる。

リッカには別の神官が向かい、同じく回復魔法をかけていた。

会場は凄い試合を見たと大いに盛り上がり、司会も自身の興奮が収まらないらしく大声でココとリッカの試合を讃《たた》えている。

「メア、モア。ココのところに行こうか」

「うん！」

「ココ姉さん、大丈夫ですかね……」

良一が二人に声をかけると、モアは元気よく返事をしたもののメアは少し心配そうだ。

「マアロが回復魔法をかけているんだ、大丈夫だよ。ほら、ココも立ち上がったみたいだしな」

マアロの肩を借りながらだが、彼女は自分の足で歩いて試合場から降りた。

良一達が治療室に入ると、キャリーやスロントがココと話していた。

「いや、ココ嬢の成長には驚きましたぞ」

「本当よ。自分で木剣を折った時にはびっくりしたけれどね」

二人のねぎらいにココも笑って応える。

「無事に上手くいって良かったです」

「でも、随分と分《ぶ》の悪い賭けだったんじゃないの？」

「そうですね……でも、リッカさんに勝つにはああするしかないと思ったので……」

キャリーは苦笑いする彼女に優しく微笑みかけた。

「そうね。とはいえ賭けに勝ったのは事実よ。やっぱりココちゃんも良一君との旅を通じて成長できているようね」

「確かに今までなら負けていたかもしれません。けれど良一さんをこれからも支えていくには、こんなところでつまずいていられませんから」

「あら、お熱い。さて、どうやら本人が来たみたいね」

マアロを含む四人は良一達の姿を認めると、笑顔で迎えた。

良一は真っ先にココに声をかける。

「ココ、おめでとう。絶対勝つと思っていたよ」

彼に続いてモアとメアも称賛《しょうさん》の言葉を贈《おく》る。

「ココ姉ちゃん、おめでとう！　すっごく格好良かった！」

「モアの言う通りです。相手の方も凄く強かったのに、ココ姉さんはもっと強かった」

興奮気味の三人に対して、ココは冷静に自分を分析《ぶんせき》しつつ口を開く。

「ありがとうございます。そうですね……もう一度試合したら次も必ず勝てるとは思いません。でも今回は皆の声援があったから頑張れました」

ココの言葉に、この場にいる全員が笑顔になる。

「モアの応援も聞こえた？」

「もちろん、モアちゃんの声もちゃんと聞こえたよ」

「良かったー」

ココが頭をなでてやると、モアはえへへと笑った。

「マアロ、ココの怪我の具合はどうなんだ？」

「一日ちゃんと休めば問題はない」

良一の質問にマアロが答える。彼女が言うなら本当に大丈夫なのだろう。

ココは良一の顔を見つめて言う。

「二回戦も頑張りますから、応援してくださいね」

「もちろん、応援するよ」

まだしばらくはマアロがココに回復魔法をかけるみたいなので、良一達は治療室を後にした。

ココ達とは一緒に帰ると約束したが、それまで何をしようかと良一は思案する。考えた結果、キャリーとスロントの対戦相手になるかもしれないと、残りの試合を観戦することにした。

ココの後の試合もハイレベルな戦いではあったが、特に大番狂《おおばんくる》わせもなく順当な剣士が勝ち上がっていったようだ。

本選一回戦一日目の全試合が終わり、少ししてココから連絡が入ったので全員で迎えに行く。

一行が治療室に入ると、リッカがココに話しかけていた。

しかし、リッカは良一達の姿を確認するや否《いな》や、足早にココから離れていった。

「リッカさんと話していたのか？」

「ええ、怪我の心配をしてくれたみたいで」

「なんか俺達が来た途端に去っていったけど……タイミングが悪かったかな」

良一が申し訳なさそうな表情を浮かべる。しかしココは首を横に振って事情を説明した。

「いえ、彼女はどうも男性と話すのが苦手なようです」

「ああ、そうなんだ」

「良一さんの怪我についても心配していましたよ？」

「そういえば昨日は試合後に驚いていたみたいだったね」

彼女の一撃を受けて立っていられる者はよほど珍しいらしい。あの時、キミヒロが驚愕していたのもそのせいだろう。

「はい。私が問題ないみたいだと伝えると、少し落ち込んでいましたけどね」

良一を昏倒《こんとう》させるつもりであの一撃を放ったのだとしたら、リッカとしても不本意《ふほんい》だったのかもしれない。

しかしキャリーはこうなることをなんとなく予想していたようだ。

「そりゃあ、邪神の攻撃にも耐えた良一君なら、ちょっとやそっとじゃびくともしないわよ。だから、私も打って出るより我慢する方を良一君に勧《すす》めたんだもの」

「まあそうですよね……」

話が一区切りついたところで、一行はホテルへ帰ることにした。

ココはすっかり回復したようだが、念のため良一が肩を貸す。

ココの祝勝会と二回戦への激励を兼ねて、夕飯は彼女の好物を皆で手作りした。次も頑張れるように英気《えいき》を養《やしな》ってもらおうという良一達の気持ちだ。

それが終わると、明日試合があるキャリーとスロントを気遣ってか、女性陣は早めに部屋へ引っ込んだ。とはいえ当の二人は気負った様子もなく普段通りだったが……

「それじゃあ、お休みなさい」

「お休み」

女子部屋の皆と別れた良一は、男子部屋でキャリーとスロントに明日の意気込みを尋ねる。

二人とも明日の相手に関してはさほど問題を感じていない様子だった。言葉には出さないけれど、どちらもすでに意識が三日後の対戦――つまり、二人同士の対決にいっているようだ。

これはどちらにとっても気合いの入った一戦になりそうだと、良一は三日後が楽しみだった。

◆◆◆

翌日、予想通り二人は危なげなく勝利した。

大きな怪我もなく、二人の技量の高さを観衆《かんしゅう》に見せつけた試合となった。

良一は試合を終えた二人を迎える。

「失礼な言い方になるかもしれないんですけど、俺が一緒に旅をしているメンバーって、世間から見たら常識はずれなほど強いんですね……」

これにはキャリーも苦笑するしかない。

「今さら何を言っているの。今まで戦ってきた相手を見れば、死者を出していないことがもう異常よ。普通の冒険者パーティや騎士団の小隊だったとしても、これはありえないわ」

「やっぱりそうなんですね……こうやって大会を見ていると改めて実感しちゃって」

しみじみと言う良一にスロントが呆れまじりの声を出す。

「殿もそのパーティの一人であることをお忘れなく。ご自身の力をもっと自覚してくだされ」

次の日に行われたココの試合は、一回戦の疲労が見える相手の鈍い動きをついてココが勝利した。

そのまた翌日、ついにキャリーとスロントが剣を交える日となった。この一戦はメンバー内でもどうなるか全く予想がついていない。

パーティメンバー二人の試合なので、どちらにも応援の声を送るが、勝者となるのは一人だ。

すでにキャリーとスロントは〝お互い恨《うら》みっこなしの全力でやる〟と、きっぱり割り切っていた。

二人はイーアス村で何度か模擬戦《もぎせん》をしている。良一やココもそれを見ているので、二人の実力はなんとなくわかる。

キャリーはAランク冒険者として数多のモンスターと対峙した経験から、とっさの判断力と適応力に優れており、また剣技の方は手数を武器に相手を弱らせるという手段を好む。

一方スロントは武者修行の旅を重ねて、ココの実家の道場の他にもいくつもの流派を学び歩いており、それらを自身の技術に応用している。また、直感力、重力魔法による重量操作と一撃必殺の重撃《じゅうげき》も彼の持ち味だ。

そんな二人の勝敗はその時々の条件によるとしか言えない。確か模擬戦の結果も五分五分のはずだ。

ココとリッカの試合のように、戦況がころころ変わる白熱した戦いになるだろう。

メンバーの注目が集まる中、試合開始が告げられた。

数分経ってみると、予想通りの試合展開となった。

相手の技量に加えて決め手や戦法も知っているため、大きな動きもない戦闘が続く。

「現状だとキャリーさんが優勢かな」

「そうですね……けれどスロントもそれを理解して戦っているようですから、わかりませんよ」

状況は二人が同時に動きはじめてから変わった。

キャリーの〝柔〟とスロントの〝剛〟、その持ち味を活かした技を次々に繰り出していく。

きっかけはキャリーの木剣がスロントの腕を掠《かす》めたことだった。

キャリーの攻撃がスロントに当たりはじめる。そしてついに剣を弾き飛ばされたスロントの喉元《のどもと》に木剣が突きつけられた。

そこでスロントは降参を宣言。勝負はキャリーに軍配《ぐんばい》が上がった。

観客も熱い試合を見せた二人に惜《お》しみない拍手を送る。

試合後、治療室に行くとスロントの腕は倍の太さになるほど腫《は》れあがっていた。

心配した良一が声をかける。

「平気か、スロント？」

「もちろんですぞ、殿。いやあ、キャリー殿には完敗でござった。しかし次は負けませぬぞ」

「ええ、こういう本気の戦いをするのもたまには良いものね」

二人は互いの健闘《けんとう》を讃え合っているようで、わだかまりなどは一切ない。

スロントの怪我も重傷というわけではなく、安静にしていれば数日で治るとのことだった。

こうしてベスト8が出揃《でそろ》った。

ここまで良一達の仲間から二人も勝ち上がっている。

次の試合は明後日なので、明日はココもキャリーも体を休めるために、一日静養《せいよう》すると決めたようだ。

良一は明日の予定を考える。

図書の樹に報告書を読みにいこうかと思ったものの、キャリーやココをはじめ他の皆に気を遣わせるかもしれない。それならと、マアロ、メア、モアの三人と遊びにいくことにした。

その晩の定期連絡。イーアス村を任せたポタルによれば、村では特に大きな出来事は起きていないそうだ。

しかし、昨日タケマル商会の人間が数人、開店準備のために村に来たとポタルは報告した。

なんでも良一に挨拶したかったそうで、留守だと伝えると商店で扱う高級路線の商品の見本として茶葉や海産物、陶磁器《とうじき》などを置いていったらしい。

〝村にもとからある商店との競合を避ける〟というのが、イーアス村にタケマル商会の出店を許可する条件だったのだが、約束は守っているみたいだ。

ポタルにその調子で村の留守を頼んで、良一は通信を終える。

良一は村も徐々に変わりつつあるなと思いながら、この変化が村にプラスになるように努力を続けなければならないと決意を新たにした。

◆◆◆

翌日、メアやモアも連日の試合を見て体を動かしたくなったのか、マアロを含めた四人で遊具がある公園を訪れた。彼女達はそこで良一の体力がなくなるまで遊び続けた。

そのまま夜はリアスの酒場に赴く。酒場では武術祭の各種目の優勝者を当てる賭博《とばく》が行われていた。

剣の部門ではキャリーが三番人気で、ココが五番人気だ。

賭け事ではあるけれど、二人の実力が周囲に知られているようで良一は少し誇らしくなる。

しかし一番は圧倒的な人気だった。なんでもその人物は昨年の優勝者で、今回も勝てば三連覇《さんれんぱ》になるようだ。

「良一兄さん、キャリーさんは優勝できるんでしょうか……」

「どうだろうね。やっぱりここまで勝ち残っている人達は強いから」

実際に二連覇しているエルフの剣士は別格だった。本選の一回戦も二回戦も剣を一振りするだけで試合が終わってしまったのだ。

そしてそんなあり得ない結果も、観客は〝この人なら当たり前〟と受け止めていた。

二連覇の剣士も自慢するでもなく淡々としていた。あれを見たらキャリーやココが優勝するのは難しいように思える。

マアロによれば、件のエルフは次期剣聖《けんせい》の一番の有力者らしい。

確かにあの圧倒的な実力は、今までに出会った二人の剣聖に通じるものがある。

剣聖ミカナタと剣聖ボウス——彼らは剣の頂《いただき》にいる者として当然の実力を有していた。

「まあ、ココもキャリーさんも二連覇しているエルフの人が準々決勝の相手ではないんだから、次の試合は勝ち進めるかもしれないね」

「……そうですね、また応援しましょう！」

結局、その次の日にココは準々決勝で敗退。

キャリーは準々決勝を勝利したものの、準決勝で件のエルフと対戦し敗退という結果に終わった。

今回の武術祭の剣部門は、二連覇中のエルフが見事三連覇を成し遂げた。

観客の予想を裏切らない結果となったが、その圧倒的な実力には良一達も驚くばかりだった。

キャリーの善戦《ぜんせん》も、今考えればとても凄いことだ。

一行はあまり見ていなかったが、弓と槍の部門も優勝者はエルフの戦士達だったらしい。

改めて確認すると各部門ベスト8の二十四人のうち、半分はエルフが占《し》めていた。

「それでは優勝者は前に」

表彰式で三人のエルフが大きな銀の優勝カップを高く掲《かか》げる。良一達も彼らに惜しみない拍手を送り、武術祭は盛況《せいきょう》のうちに幕を閉じた。

◆◆◆

数日が経つと武術祭の熱気も徐々に収まり、リアスもすっかり落ち着いた雰囲気を取り戻しつつあった。

同じ頃、良一達がリアスに来た目的である、神秘調査隊の報告書についても、予定より大幅に時間がかかったが、ようやく全てに目を通し終えた。

新たな発見はあまりなかったものの、調査隊がどういうルートで各国を巡り、どんな情報をもとに行動指針を決めていたのかが理解できたのは収穫だ。

図書の樹を後にする際、長い間、良一達の手伝いをしていた司書のネブに礼を述べると、彼女も書物を丁寧に扱ってくれていたことに対して感謝を伝えてきた。

ネブは当初、良一達が乱雑《らんざつ》に書物を扱うと偏見《へんけん》を持っていたらしい。しかし短くない間、良一達が敬意を払いながら書物を読んでいたので、認識を改めたようだ。

「またいつでもお越しください。私にできることがあればお手伝いさせていただきます」

そうして図書の樹に通う生活にピリオドが打たれた。

一行はその足でトーカ神官長のもとに向かう。

長いセントリアス樹国滞在だったが、最後にキャリーとココの武術祭のベスト8、ベスト4の特典を使うことにしたのだ。

すなわち、リアスの中心にある世界樹に登る許可である。

「時間通りですね」

「ええ。問題はなさそうでしたか?」

良一の質問にトーカはにっこりと笑みを浮かべた。

「ええ、無事に皆さんが世界樹を登る許可が下りました」

今回はどういった手続きを取ればいいのか、良一達にはわからなかったのでトーカに相談したところ、彼女が手続きを代行してくれたのだ。

彼女は話を続ける。

「明日の朝に世界樹の登上門に来てください。世界樹を登るのは結構大変ですので、動きやすい格好がいいかもしれません」

「わかりました。明日、楽しみにしています」


そうして一行は、翌日朝早くから指定された場所へ向かった。

しかし集合場所である登上門にはトーカの他に、なぜか良一が武術祭で戦ったキミヒロがいた。

「本日は麻呂がそなた達の案内をさせてもらう。世界樹様に敬意を払いながら登るでおじゃる」

どういうことかと良一達はトーカに視線を向ける。

「世界樹を登るには〝世界樹守《せかいじゅもり》〟に案内を頼むのがルールなんです。もちろん私も同行させていただきますので、よろしくお願いしますね」

「うむ、トーカは麻呂がきちんと案内するからの」

「キミヒロ、今日は私ではなくて石川さん達の案内をお願いしているんですからね？」

「うっ……わかっているのでおじゃる」

良一はすでに慣れたが、他の皆はキミヒロについて話に聞いているだけだ。実際目の当たりにすると衝撃が少なくないようだった。

マアロはエリュー家が代々〝世界樹守〟を務めているのは知っていたが、それがキミヒロであるとは思いもよらなかったらしく、その役職と本人の人柄《ひとがら》とのギャップに驚いていた。

こうしてようやく、一行は門を潜《くぐ》る。

この登上門が首都リアスで唯一、世界樹に登れる場所に通じているところだそうだ。

門付近には厳重《げんじゅう》な警備が敷《し》かれており、世界樹を見に来た観光客が遠巻《とおま》きにこちらを眺めている。

「では皆の者、ついてくるでおじゃる」

キミヒロは気を取り直して、門の警備兵に合図を送る。

門番の兵士は〝開門！〟と声を上げてからゆっくりと門を開けた。

門の先には世界樹の中に続いている階段があった。

その階段は世界樹を削《けず》り出《だ》して作られているようで、特に意匠《いしょう》を凝《こ》らしたわけでもない、最低限の樹の階段といった感じだ。

「さあ、ここからしばらく階段を上り続けることになるでおじゃる」

キミヒロの言う通り、そこからは何段あるかもわからない階段を上っていく。

段差はそれほど大きくないが、モアにとっては少しだけ上りづらい様子だ。

彼女も最近は体力がついてきたので今のところは元気だが、良一達大人が注意を払わないといけない。

ようやく階段が終わり、短めの通路を抜けると、そこは大きな広間になっていた。

キミヒロが口を開く。

「この場所が世界樹様の中心である〝中脈《ちゅうみゃく》の間《ま》〟でごじゃる」

「なるほど。他にもいくつか階段がありますね」

広いホールには今さっき良一達が上ってきたものの他に、さらに上へ続く階段が五つ見える。

キミヒロはうむと頷いて言葉を続けた。

「そなた達にはあの階段のうちの一つを上ってもらう。トーカから聞いておるが、今回そなた達は世界樹の実を食《しょく》したいそうじゃな」

「ええ、トーカ神官長から聞いて、是非食べることができればと思っています」

「ほほほ、世界樹の実は麻呂達、世界樹守でも年に数度しか食べられぬ珍品《ちんぴん》。そなた達に口にできるほどの運があるかどうか……」

意地悪そうに笑うキミヒロに、良一は少し自信ありげに返す。

「今までも幸運には恵まれていますから、信じていますよ」

そうして良一達はキミヒロについて、五つある階段のうちの一つを上りはじめた。

この階段が一番世界樹の実がなる場所に近いらしい。

すでにだいぶ上まで来ているような気がするが、現在はどのくらいの高さにいるのだろうか。

「モアはまだ大丈夫か？　無理ならおんぶするから無理せずに言うんだぞ」

「うん、大丈夫。でもマアロちゃんが……」

モアは額に汗を浮かべているが、まだまだいけそうだ。しかしモアの言う通り、マアロはすでに疲労困憊《ひろうこんぱい》の様子。

トーカが励ましてはいるものの、やっとの状態で上っている感じだ。

「マアロ、おぶってやろうか？」

良一がそう提案するとマアロがこちらを見上げる。

けれど、すぐ横にいるトーカを見て首を横に振った。

「無理するなよ」

「まだ、なんとか、行ける……」

必死に絞り出した声は今にも消えそうなほどにか細い。

あまり使いたい手段ではないけれど、と考えつつ良一は彼女の手を取った。

どうしたのかと言いたげにマアロが首を傾げる。良一は意識を集中して彼とマアロの体に重力魔法をかけた。

今回は戦闘時に良一がよく使用するのとは逆に、体重を軽くしたのだ。

これは高速移動したり、相手の攻撃をいなしたりする際に使われる。

突然体が軽くなってマアロも驚いたみたいだが、これで残りの階段も上り切れるだろう。

こんな便利な方法があるならば最初からやればいいと思うかもしれない。しかし、この魔法は多用するとかけられた人間の骨がもろくなってしまうというデメリットがある。

短時間ならば限定的でも、長時間使用すると簡単に骨が折れるようになる。

さらにメアやモアのような子供だと、今後の成長に支障をきたす可能性もあるのだ。

そのため良一は重力魔法をスロントに教わった際に、〝この魔法は子供には使わないこと〟と説明を受けた。

彼はマアロの足取りが途端に軽くなった理由を察して、困った表情をしていたが、良一が説得して納得してもらった。

とはいえ、そこからゴールは意外と近かったので、結果的に魔法の影響もあまり受けずに済んだ。

目的地は先程の広間と似たような場所で、一つだけ異なっているのは階段の他に大きな扉があることだ。キミヒロがその扉について、説明する。

「この大扉を開けると世界樹様の外に出ることになる」

「落ちたりする心配はないんですか？」

良一が当然の疑問を呈《てい》するけれど、キミヒロはその可能性を否定した。

「世界樹様のお力により強い風が吹き込まないようになっておじゃる。下を覗き込んだりしなければ落ちる心配はないでごじゃろう」

キミヒロは他にもいくつか注意点を述べてから扉を開ける。

一人ずつ恐る恐る外へ出ていくと、すぐ足元が太い枝になっていた。

軽く足踏みしてみたところ、地面に立っているような安定感がある。

最初は怖がっていたメアやモアも一歩ずつ外に出てきた。

ただ、マアロだけは高所恐怖症ということもあり、扉付近で座り込んでいる。

無理やり連れだすものでもないので、とりあえず彼女はトーカに任せて、良一達は早速世界樹の実を探しはじめた。

「世界樹の実はどういう場所にできやすいんですか？」

良一が尋ねると、キミヒロは少し考えてから答えた。

「そうでごじゃるな……実は世界樹様の葉に包まれるようにして熟しているでごじゃる。こう、葉と葉が重なるところをめくって中に黄色い実があれば、それが世界樹様の実でごじゃる」

「葉と葉の間ですね……」

皆もキミヒロの説明を受けて、葉っぱが重なっているところをめくってみる。

しかし、黄色の実どころか何も見当たらない。

そう簡単には見つからないかと良一が嘆息《たんそく》していると……

「良一兄ちゃん、これかな？」

「モア、見つけたのか！」

モアの呼びかけに皆が集まる。

彼女の小さな手でめくられた葉の下に、黄色いサクランボのような実がついていた。

「まさか……真《まこと》に世界樹様の実でごじゃる」

キミヒロも近寄ってきて確認する。彼が言うのであれば間違いないだろう。

「おお、凄いじゃないか、モア！」

「モア、凄い凄い！」

良一とメアがモアを褒《ほ》めると、モアは腰に手を当てて小さな胸を張った。

「えっへん！　モアがもっとたくさん見つけるから」

そう言って彼女が近くの葉をめくると、なんとまた黄色い実があった。

「そんな……こうも簡単に見つかるはずはないでごじゃる……」

呆然《ぼうぜん》とするキミヒロをよそに、モアは怒涛の勢いで世界樹の実を見つけていった。

試しに良一達も見つかった場所の近くで葉をめくってみるけれど、全然見つからない。

なんとも不思議である。

良一はアイテムボックスから小さな箱を取り出して、モアが摘《つ》んだ世界樹の実を次々に入れていく。そうこうしていると、今度はメアも世界樹の実を見つけたようだ。

キミヒロですら年に数度しか食べることができないらしい世界樹の実は、彼に〝これ以上採《と》らないでくれ〟と懇願《こんがん》されるほどに摘み取れた。

「それじゃあ早速食べてみようか」

軽く水で洗ってから、その場にいる全員で世界樹の実を口に入れた。

外側を舐《な》めるだけでとても良い匂いが口の中に広がる。

実自体からは匂いはしていなかったはずだが、唾液《だえき》と反応するとこんなにも甘い香りがするとは……

良一は前歯で少しだけ実をかじってみた。軽い弾力があるものの、簡単に歯で噛み切れる。

その瞬間に今まで以上に甘い匂いが鼻を抜け、舌には甘酸《あまず》っぱい味が広がった。

また、桃のように甘くも感じられる不思議な味わいだ。

ただ言えるのは、良一が今まで食べた果実の中で一番美味しく、一瞬で世界樹の実の虜《とりこ》になってしまったということだ。

あまりの美味《うま》さに意識がとろけそうになったり、逆に覚醒《かくせい》したりという発作《ほっさ》が交互に起こる、まさに禁断の果実だった。

皆、口に入れた一粒を大事に味わうためか、目を瞑って意識を口の中に向けている。

良一も名残惜《なごりお》しそうに、口の中の世界樹の実を歯ですりつぶして飲み込んだ。

「これは美味いな……」

「良一兄ちゃん、モアの頬《ほ》っぺたは落ちてない……？」

「ああ、大丈夫だぞ」

モアが頬《ほお》に手を当てながら尋ねてくるので、良一も彼女の手に自分のそれを重ね合わせて答える。

他の皆も徐々に現実に戻ってきたようだ。

「まさに幻《まぼろし》の果実に相応《ふさわ》しい味だったわ」

「こんな果実がこの世にあったとは……これは神が食す果実のごとき味でござった」

キャリーやスロントも様々な旅をして色んな物を食べてきたはずだが、これほどのものは初めてだったみたいだ。

「トーカ神官長は肌にハリや艶が出るって言っていたけれど、どちらかといえば、体の奥底から力が湧《わ》き上がってくる感じがするな」

「ここまで結構階段を上ってきましたけど、そんな疲れは一瞬で吹き飛びましたね」

確かに良一もココが言うように疲れは全く感じていない。各々が世界樹の実の力を実感していると、キミヒロが誇らしげに口を開いた。

「これが世界樹様の実のお力でごじゃる」

良一達もこれには素直に頷いた。

「本当に凄いですね」

「先程誰かが言っておったが、神の食す果実とはまさにその通り。世界樹の実は神が食したと言い伝えられておじゃる」

「はあ、でも一粒で満足しちゃいました」

その言葉には全員が首を縦に振っていた。とても美味しかったが、誰も世界樹の実を〝もう一粒〟と手を伸ばさなかったのだ。

「それで良いでごじゃる。一日に何粒も食べるものではないでごじゃる」

「確かに一粒でやめとかないと、体に悪影響が出そうですね」

こうして目的を達した良一達の大満足の世界樹探索は幕を下ろした。

階段を下りる途中、良一はキミヒロにこの階段でどこまで行けるのかと尋ねた。

しかし彼は首を横に振る。

「残念ながらその答えは持ち合わせておじゃらん」

「でもこの階段とか広間などは、世界樹守の人達が樹を削って作ったのではないんですか？　はるか昔の話だとしても記録とか残っているんじゃ……」

するとと突然キミヒロは笑い出した。

「ほっほっほ。麻呂達が世界樹様を削る？　そんな恐れ多いことはできぬでおじゃる」

「えっ、じゃあ誰がこの階段を……？」

「それはもちろん、世界樹様ご自身に決まっておろう」

「はあ？　世界樹様自身？」

思わず肩の力が抜けてしまった良一に、キミヒロは説明する。

「エリュー家に伝わる古い記録には、世界樹様の階段は最初の広間までしかなかったと書かれておる」

「じゃあ、初代エリュー家の当主様がそこから上へ階段を作ったのでは……」

「二代目の記録には〝階段が人知れずできていた〟とあるでおじゃる。誰も気づかず、ある日突然そこにある。まさに世界樹様のお導きよ」

一行は神秘的な話に反応できないでいる。あれだけの階段が自然に……。

キミヒロはそんなことにはお構いなしに言葉を継ぐ。

「麻呂達は世界樹守と言われておるが、初代からずっと世界樹様の変化を記しているだけに過ぎん。世界樹様に手を加えるなどもってのほかでごじゃる」

キミヒロは喋りすぎたわと言って、そこで会話を打ち切った。これは世界樹の実を食べさせてもらった礼、ということのようだ。

良一は世界樹の凄さを改めて実感したが、一抹《いちまつ》の畏怖《いふ》も生まれた。

――まさに人類が闇雲《やみくも》に触れてはいけない存在。

セントリアス樹国が世界樹に寄り添っているのも、実はとても恐ろしいことなのかもしれない。

そんな話をしながら良一達は朝と同じ登上門へ帰ってきた。

帰りは全員が体力に満ち溢れて、皆鼻歌交じりに階段を下りきった。

「これにて世界樹様の登上は終了でごじゃる。最後に世界樹様への感謝の気持ちを礼で示すでごじゃる」

キミヒロが今までとはどこか違う、真剣な雰囲気でそう言うので、良一達も素直に頭を下げる。

「世界樹様、此度《こたび》の恵みに感謝いたします」

そうキミヒロは締めくくった。

彼と登上門で別れた後、良一達はトーカを交えてホテルへ向かう。

「皆さん、世界樹はいかがでしたか？」

トーカの質問に良一が皆の感想を代弁する。

「本当に不思議な存在でした」

彼の言葉を受けてトーカはひとつ頷いた。

「セントリアス樹国の住人は誰もが世界樹に敬意を払っているのです。その一端に触れていただいた今ならば、その意味が理解できると思います」

これには良一達も納得の表情だ。トーカはそのまま話を続ける。

「前に神秘調査隊のジークが世界樹を訪れた、と言いましたよね？」

良一は肯定《こうてい》の意を示して、先を促す。

「その際にジークは〝世界樹が神の塔ではないか〟と言っていたのです」

「それは……」

「ええ、ジークも世界樹に上った時には、そうではないと理解したようです。けれど最後に〝ここは神の塔ではないが、神の塔に通じる場所には違いない〟と口にしていました」

言葉の意図を測りかねた良一が、トーカに聞き返した。

「〝神の塔に通じる場所〟……いったいどういう意味なのでしょうか？」

「私にもわかりません。でもジークは確実に神の塔へ近づいたと実感しているように思えました。あれからすでに百年が経っています。ジークに会うことができれば、彼は必ず石川さんのお役に立つでしょう」

「……わかりました。一度ジークさんの故郷のランデルにも調べに行こうと思います」

トーカはそれがいいでしょうと頷いた。

良一はセントリアス樹国滞在中に何かと世話になった彼女に礼を言う。

「長い期間、本当にお世話になりました」

「いえいえ、石川さんが神の塔に行けるように願っております」

「ありがとうございます」

良一はこのままランデルに行こうかとも考えたが、ここでの当初の目的は達している。

とりあえずランデルの冒険者ギルドにジークという鳥人族を探していると連絡だけ入れて、イーアス村へ戻ることにした。

「さあ、イーアス村に帰ろう」

良一の号令に全員が声を揃えて応える。

こうして一行は、およそ一ヵ月近く滞在したセントリアス樹国を後にした。

◆◆◆

良一がイーアス村に到着して最初に感じたのは、妙な懐かしさだった。

これも領主として村に愛着が生まれてきたからなのかもしれないと思いながら、村の門を潜って領主館へ向かう。

そこでは家臣や使用人とともにポタルが良一を出迎えた。

「お帰りなさいませ、領主様」

「「「お帰りなさいませ」」」

「ただいま。長いこと留守にして申し訳ないね」

「いえ、定期的に連絡をいただけたので、初めてでもなんとか務め上げられました」

「しっかりやってくれたようで助かったよ。皆にもお土産を買ってきたから、後でスロントから受け取ってくれ」

良一達は、それぞれ村を回ってお土産を配りはじめた。

イーアス村に当初からいる住人には何かしらお世話になっている。その人達全員に買ってきたので、お土産代だけで結構な出費になってしまった。

しかし、良一は特にお金に困っているわけでもない。娯楽《ごらく》に乏《とぼ》しいイーアス村にも、たまにはこうした楽しみがあっていいだろう。

ほぼ村人全員にお土産が手渡され、皆嬉しそうに礼を言った。

良一も自身が買ってきたお土産を配り終えると、早速溜まった仕事に取りかかる。

留守中はポタルがまとめ上げてはいたけれど、まだスロントのように仕事を捌けるレベルではない。スロントもそれに気づいたのか、後で足りなかった部分を教え直すと言っていた。

そんな事情もあり、良一が遅れている分の仕事をこなしていると、使用人の一人が来客を知らせに来た。

執務室に通されたのは、イーアス村に支店を出店したタケマル商会のトーベ副会頭だ。

「石川男爵、お久しぶりでございます」

「お久しぶりです、トーベ副会頭」

トーベはココにとって叔父《おじ》にあたり、以前、ココを巡って良一と争った犬獣人の青年ヨシュアの父親だ。

「先日お渡しさせていただいたサンプルはご確認いただけましたでしょうか？」

「私が留守の際にいただいていた物なら確認しました。どれも高級感に溢れる良い商品ですね」

良一が商品の感想を伝えるとトーベは破顔《はがん》した。

「ありがとうございます。どれも充分に目利《めき》きをして揃えた逸品《いっぴん》ですから」

「これなら当初の約束通り、既存《きぞん》の商店とも需要《じゅよう》がかぶりにくい。競合して潰し合う、なんてことにもならないでしょう」

「それでは、明日にも支店を開かせていただいてもよろしいでしょうか」

期待の眼差《まなざ》しを向けるトーベに、良一は少し考えるそぶりを見せる。トーベが来たということで呼んでおいたスロントを見やるが、彼もこくりと頷いたので開店を許可した。

「ありがとうございます！　それでここからはご相談なのですが、できましたら〝石川男爵公認〟という看板《かんばん》を是非出させていただけないかと……」

「公認ですか……それはもう少し待ってください。一ヵ月後には判断いたしますので」

「わかりました。ご連絡、お待ちしております」

トーベが開店のための最終準備をすると言って帰っていった後、スロントが良一に話しかける。

「彼は販売こそしておりませんでしたが、村の中でも財力のある者達に商品を見せて回っていたようですぞ」

事前に売り込んでおくことで覚えを良くしようという戦略なのだろう。良一はスロントに尋ねる。

「それで評判はどうなんだ？」

「好評のようです。しかし、高級な商品を手に入れた者達が、過度な自慢合戦を始めるかもしれないという危惧《きぐ》はありますな」

「まあ、出店したばかりだから目を付けられるような真似はしないだろう。けど、争いの種火《たねび》がつかないように気をつけないとな」

「かしこまったでござる」

その翌日開店したタケマル商会の支店は、客を選ぶ性質から満員御礼《まんいんおんれい》とまではいかないが、固定客が長時間滞在するような店になった。

三章　ジーク現る

セントリアス樹国からイーアス村に帰ってきて早二カ月――

領主として相変わらず忙しくする良一のもとに、一通の手紙が届いた。

どうやらランデルの冒険者ギルドからの手紙らしい。良一の依頼《いらい》に応じて、ジークという鳥人族の行方《ゆくえ》を捜《さが》した報告書を送ってきたようだ。

結論から言うと、現在ジークはランデルに居住していない。

手紙には彼の生家は三十年前に火事で焼失しており、その時にランデルの町を出たと書かれていた。

ただ、十年前に一度知人を訪ねて来たそうで、その際に〝色々と旅をしている〟と言っていたとのこと。それを最後にジークはランデルに姿を見せていない、と締めくくられていた。

「やっぱりランデルにはもう住んでいなかったか……」

良一がぼやく。手紙を持ってきたスロントは腕を組んで思案した。

「旅を続けているのなら、世界各地の冒険者ギルドに依頼を出せば、引っかかる可能性があるかもしれないでござるが……それには費用も時間も相当かかるでござるな」

「はあ、ランデルに行っても、セントリアス樹国にあった情報以上のものは得られないよな……」

「そうでござるな。あそこには第一次から第四次まで全ての調査隊の報告書がありましたからな」

結局ジークの手がかりについては、引き続き細々と冒険者ギルドに依頼を出す以外に選択肢はなかった。

それに現在ジーク探しの他に良一達が一番心を砕いているのは、間近に迫った石川男爵家の家臣募集の件である。

もうまもなくというところで、スロントも着々と準備を進めている。募集する人員にどのような能力が求められるのかなどの情報をまとめた資料も用意していた。

初めてとなる今回は文官と武官を合わせて五十人程、新たに雇《やと》い入《い》れようと考えている。

以前騒動《そうどう》の原因になった貴族家の次男三男みたいな、プライドだけが高い無能な人間を落とすための試験も考案していた。

告知に関しては各種ギルドを通じて広報している。〝石川男爵家の家臣募集を改めて行う〟という内容で各地での情報の浸透《しんとう》を図った。

その結果、試験の半月ほど前から、イーアス村には多くの人々が押し寄せた。

少しでも多くの人に来てもらうための試みも行っている。試験前の一ヵ月と試験後の一週間は乗合馬車を増便し、運賃《うんちん》を値下げしたのだ。

この施策《しさく》の対象の区間はイーアス村とギレール男爵の領地である農業都市エラルの間だけだったが、効果は大きく、加速度的に受験希望者が増え続けている。

また、大量の受験希望者を受け入れるために、みっちゃんに頼んで格安の宿泊施設を建設済みだ。この施設はイーアス村公営で、イベントを開催する時のみ営業する。

様々な工夫を凝らして順調に人を集めていき、試験前日には五十人の募集人員枠にメラサル島内外から七百人が集まった。

その中には昨年の騒動を起こした奴らの姿がほとんどなかった。

どうやら、極貧《ごくひん》生活に耐えられずに無茶な依頼を引き受けるなどして、悲惨《ひさん》な末路《まつろ》を迎えている者が多いらしい。気の毒ではあるが、今気にしても仕方ないだろうと良一は割り切る。

受験者数七百人は当初の予定を大幅にオーバーしていたが、スロントは柔軟《じゅうなん》に対応して処理していった。

とりあえずは武官と文官で希望する方を選ばせて、そこからそれぞれの試験を行う。

文官よりも武官希望者が多いようで、七百人のうち四百五十人程がそちらを選んでいる。

武官の試験担当者はスロントが受け持った。

試験はマラソンで体力と耐久力の確認を終えた後、村の自警団《じけいだん》と模擬戦をしてもらう。

自警団も、近頃はかなり実力を伸ばしている。スロントによる実践的なトレーニングを重ねて、今ではとても頼もしい存在だ。その力は少し前とは雲泥の差といえた。

そんな彼らとの模擬戦も含まれる試験において目立ったのは、ココノツ諸島からの参加者である。

ココと同じく様々な獣人族が、見事な力を発揮した。

その中にはスロントの知り合いもいるらしい。彼がココノツ諸島で武者修行をしていた際に滞在した道場に、武官募集の知らせを送っていたそうだ。

そこにはスロント自身が良一にとても重用《ちょうよう》されていることや、立身出世《りっしんしゅっせ》の大きなチャンスであるとも書いておいたという。

その結果、その道場の師範《しはん》に勧められて多くの人達が来てくれたようだ。

「ココノツ諸島の人は道場で鍛えているだけあって、優秀な人が多いな。広く募集をかけたけど、スロントの伝手で来てもらった方が良かったりして……」

「そんなことはございませんぞ」

スロントが示す先では、一人のエルフが他を圧倒する実力を見せていた。

よくよく見てみれば、そこにいたのはセントリアス樹国の武術祭で良一やココと戦ったハヤブサ流の剣士、リッカだ。

良一も参加者リストの中に彼女の名前を見つけた時は驚いた。

男性が苦手らしいのでココに頼んで事情を聞いてもらったところ、武術祭の後、首都リアスのギルドで石川男爵家の家臣募集のチラシを見たそうだ。

良一やココの強さの秘密を探り、自分の実力をさらに高めるために試験に参加することを決めたらしい。

ココとも互角に渡り合う猛者《もさ》なので、試験を受けさせるまでもなく合格なのだが、初めての家臣募集で特例を作りたくはない。そのような経緯から、試験を受けてもらっている。

「リッカ嬢とココノツ諸島出身者で募集人員の半分、あとの半分は成績上位者と見所がありそうな若者を選ばせてもらうでござる」

「スロントの目利きなら安心だから、そこは任せるよ」

「はっ、他には自警団とは別に、今回集めた武官で男爵家独自の武警隊《ぶけいたい》を創設する予定でござる」

良一は頷いて了解の意を伝えた。

本来ならば騎士団を作るそうだが、騎士になるには国の手続きが必要である。今のところはその下部組織という扱いで話を進めている。

結果として武官については募集人員よりも数人多く家臣として雇い入れることになった。

文官の試験に関しては各ギルドのギルド員が多く参加した。

彼らは読み書きや簡単な計算もできるので、筆記テストの結果で上から順に採用する予定だ。だが良一には一人だけ、気になる人物がいた。

「ゼルっていう参加者だけど、年齢が六百歳って本当かな？」

スロントも首を捻る。

「確かめようがないでござるな。とはいえ、フクロウの鳥人族は長命な方が多いですからな。ありえなくはないでござる」

良一はスロントの言葉に何か引っかかったものの、その場は流してしまった。

試験も終わり、イーアス村は武官、文官合わせて計五十七人の家臣を新たに迎え入れることになる。

彼らには格安の家賃で住める官舎《かんしゃ》や専用銭湯《せんとう》、食堂などを用意した。

魔導機がふんだんに使われている住宅や設備を見て、新しい家臣達は驚きに目を見開いていた。

また、合格した人達の家族も住めるように一時的な住居も用意してあるので、希望者には提供すると伝える。すると家族を呼び寄せたいと答えた人物の中に件のゼルがいた。

「領主様、家族には実弟も含めてよろしいでしょうか？」

「弟さん？　一緒に住んでいるなら構わないよ」

「ありがとうございます。弟は私以上に優秀なのですが、根っからの風来坊でして。ふらっと姿を消したかと思うと、しれっと帰ってくる奴で……」

「弟さんは旅人なの？」

「いえ、昔から神話にまつわるあることを調査しているのです」

神話の調査……ゼルの話に、良一の中にある考えが浮かぶ。彼は逸る気持ちを抑えながらゼルに尋ねた。

「……もしかして弟さんの名前って、ジークだったりする？」

「おお、まさに私の弟の名前はジークです。しかし、どうしてご存知なのですか？」

良一が今までジークを捜していたことや神の塔を目指していること、セントリアス樹国に行ってジークについて聞いたことなどを伝えると、ゼルは苦笑していた。

「なるほど、確かに我々兄弟は元々ランデルに住んでおりました。しかし家が火事にあったのをきっかけに、私も弟のように世界を旅しようと思ったのです」

「そうだったのか……」

偶然にしてもできすぎた展開に、言葉を失う良一。ゼルはなおも続ける。

「数年前からこのメラサル島に滞在しておりますが、家臣募集を見てまた数十年程腰を落ち着けるのも良いかと思った次第です」

「本当に奇遇《きぐう》だ……まあ、これからよろしくお願いするよ」

「こちらこそ。ジークはいつもだったら半月もすれば私からの連絡に気づいて飛んで来ると思うのですが……何分、自由な奴でして」

良一は一通り事情を聞いて、ゼルも生活の準備があるだろうと一旦帰らせ、自分も領主館に戻った。

「お帰りなさいませ、殿」

「ただいま。スロント、聞いてくれ！　ゼルなんだけど、ジークのお兄さんだったよ。彼も半月もすれば村に来るだろうって」

「それは本当ですか！　いや、まさか捜していた人物が自分からやって来るとは……ジークは今でも神の塔を調査しているようでしたか？」

良一はスロントに頷いて応える。

ついに神の塔に最も近い人物に会えるのだ。二人は家臣募集の思わぬ副産物に小躍《こおど》りしたのだった。

◆◆◆

新しい家臣達の新人研修としてみっちゃんの授業が始まり、イーアス村が変わりつつある中、ついに待ち望んでいた人物がやってきた。

「ゼルという鳥人族に呼ばれて来たのだけれど、ここがイーアス村で間違いないかな？」

彼はふらりと村の門に現れ、門番にそう問いかけた。

村の門番には、賓客《ひんきゃく》だと申し伝えてあったのですぐに良一のところに連絡が入る。

報《しら》せを受けた良一はゼルを授業から連れ出して、ジークに会いに行った。

「おーい兄者《あにじゃ》、久しぶりだな。この村が兄者の新しい職場か？」

ゼルの姿を見たジークが、興味深そうに言った。

「そうだ。よく来てくれたな」

「兄者から早く来てくれと書いてあったから、急いだんだが……」

「用事があるのは私ではない。こちらの新しい主人である領主様がお前に会いたがっていたのだ」

ジークは不思議そうにゼルの隣に立つ良一を見た。

「貴族様が私に？」

疑問顔のジークに良一は自己紹介した。

「初めまして、イーアス村を治める石川良一です」

「これはご丁寧に。私はジーク、今は夢を目指してさすらう風来坊でございます」

「その夢とは、神の塔ですか」

良一がその単語を口にすると、ジークは目を丸くした。

「まさにそうです。でもどうしてそれを……」

「ずっとあなたを捜していました。神秘調査隊の報告書や、かつてあなたと共に調査隊に参加していたエルフ族のトーカという神官を頼りにしながら、情報を集めていたのです」

「ああ、懐かしい言葉ばかりですね……それにトーカ、とても明るく優しい女性でした」

ジークが目を細める。

「神秘調査隊の報告書を読んでいるとは、石川様も神の塔を目指しておられるのですか？」

良一が首を縦に振ったのを見て、ジークはさらに質問を重ねる。

「しかし、本当に神の塔があるとお考えですか？　おとぎ話の中だけの存在だとは思わないのですか？」

「いいえ、神の塔を真剣に目指しておられるだろうあなただから正直にお話ししますが、主神ゼヴォス様からいただいた手紙に〝神の塔を目指せ〟と書かれていたのです」

「主神ゼヴォス様からの手紙！」

「それに湖の大精霊にも神の塔についての話を聞いたことがあります」

ジークは良一が次々と示す証拠の出所に驚き固まってしまう。やがて硬直《こうちょく》が解けると、彼は呟くように言った。

「私はおそらくあなたが生まれるはるか昔から神の塔を探しておりました。おとぎ話で耳にしたその塔にどうしても行きたくて仕方がなかった」

今まで心に溜めていたものを吐き出すようにジークは語る。

「多くの人に〝神の塔なんて実在しない〟と笑われ、同じ夢を持った同志も途中で諦めていきました。だからこそ神の塔が実在するという情報は、私が人生で一番求めていたものです。私の今までの人生は間違いではなかったんですね……希望が持てました」

涙ながらに話すジークに良一は手を差し出した。

「……俺と一緒に神の塔を探しませんか」

彼は黙って頷き、その手を握る。

ゼルも弟の長年の願いが一歩前進したことに、目頭を押さえている。

それから少しして、ジークは改めて良一に頭を下げた。

「私が持っている全ての情報をお話しします。是非お役に立ちたいのです」

こうしてジークという頼もしい仲間が加わった。


夜になると、関係者が談話室へ集まり、情報を共有する。集まるまでの間に良一とジークは二人で軽く意見交換して、怪しいと思われる場所の見当もつけていた。

「それでジークさん、神の塔はどこにあると踏んでいるのですか？」

良一は細かいことを省いて、いきなり核心に迫る質問をジークに投げかけた。

「私が神秘調査隊として調査した場所は五十箇所以上になります」

「ええ、報告書を読みました。神の塔は見つからなかったけれど、多くの新発見があったとか」

「そうですね。でも神秘調査隊の発見には神の塔に関するものもあったんですよ」

ジークから出た驚きの発言に、皆が一瞬固まった。良一が記憶を辿りながら口を開く。

「神の塔に関するもの……報告書にはそんな記述はなかったような……」

「当初は私も無知だったので、それがなんなのか理解できませんでした。でも、今ならわかります」

「それはいったい……？」

「皆さんは〝断絶《だんぜつ》の壁《かべ》〟という場所をご存知ですか？」

「知っているわ」

「名前だけならば」

「知ってる」

キャリー、スロント、マアロは〝断絶の壁〟を知っているようだ。しかし良一は、そんな壁、見たことも聞いたこともない。ジークはそのまま話を続ける。

「私は断絶の壁の中に神の塔があると思っています」

「それは、違うのではないかしら。あそこにあるのはいまだに踏破されていない魔物の巣窟《そうくつ》、〝災害ダンジョン〟の一つでしょ」

キャリーの反論にジークは頷く。

「そう、我々神秘調査隊も過去にあのダンジョンに挑み、散々な結果に終わっています」

このままだと良一を含めた断絶の壁を知らない者は置いてけぼりにされてしまう。そう思った彼は率直に尋ねた。

「〝断絶の壁〟って壁なんですよね……？　なんでそこにダンジョンが関わってくるんですか？」

ここでジークの説明が始まった。

断絶の壁とは、カレスライア王国やセントリアス樹国、マーランド帝国がある大陸の北部に存在する。

マーランド帝国よりもさらに北、大陸では不毛《ふもう》の大地《だいち》と呼ばれるひび割れた土地で、強力なモンスターが闊歩《かっぽ》する危険な場所だ。

そんな地域の中心に、材質不明で不可思議な色の壁があるらしい。

その壁は見当がつかないほど高く、どれほど攻撃を加えても傷をつけることもできないそうだ。

ただ、断絶の壁には一か所だけ幅五メートル、高さ五メートルくらいの穴がぽっかりと空いていて、そこから内部に入ると、地下へ続く階段がある。

その階段を下りた先に、今まで誰も踏破《とうは》したことがないという災害ダンジョンが待ち構えている。

ダンジョンの終端《しゅうたん》もわからず、悪辣《あくらつ》なトラップや過酷な環境が待ち受けているという話だ。

説明を聞き終えた良一がジークに問う。

「でも一度調査した場所なら、神の塔とは違うんじゃないですか？」

「そこなんです。我々が単なるダンジョンだと思い込んでいた場所が、実は神の塔に繋がる場所なのではないかと思ったのです」

ジークはそこから熱弁をふるいはじめた。

彼がその考えに至ったのは、とある遺跡の研究をしていたかららしい。

その遺跡は年代の違うものが寄り添い合っているのだが、後からできた遺跡がそれよりも前にできた遺跡を補助するような構造をしていたそうだ。

それを見てジークは、この場所にはもとから災害ダンジョンがあり、その上に神の塔が建てられたのではないかと推測したとのことだ。

「災害ダンジョンに蓋《ふた》をするように神の塔が建てられたのではないか、というのが私の見立てです」

「なるほど。確かに面白い考えかもしれません」

「そのため、もう一度災害ダンジョンに行きたいのです。しかし、各国が協力する神秘調査隊のような大規模な調査隊は今では難しいでしょう」

ジークはしょんぼりと肩を落とした。

「そうですね……最近平和にはなってきたけれど、まだ各国に戦争のわだかまりが残っていますから。ジークさんは当時の調査で空から壁を越えようとしなかったんですか？」

「もちろん試しました。しかし、神秘調査隊にいた他の鳥人族ともども、届きませんでした」

「それなら次はどうしようと思っていたのでしょう？」

「どうにか上に続く場所がないか調べようと考えておりました。石川男爵はセントリアス樹国にいらしたと聞きましたが、世界樹はご存じですよね」

良一はあの時食べた世界樹の実の味を思い出しながら頷く。

「はい、ジークさんが上ったと聞いたので、俺達も上ってみたんです」

「それならば世界樹内部の成り立ちにも気づきましたか？」

「内部の階段は、誰が造ったわけでもなく、いつのまにかできているって話ですよね。世界樹自身が自分の中を作り変えているという……」

良一の答えにジークは笑みを浮かべた。

「まさにその通りです。古《いにしえ》の魔導機しかり、到底《とうてい》今の人類の手が及《およ》ばないのです」

「もしかして断絶の壁もそんな存在だと？」

「はい。逆に違う存在だとも証明できないわけですから」

つまり、とにかく行ってみないと話はわからないという結論だ。これで良一達の行動も決まった。

ジークの研究と直感に従って、断絶の壁に行くのだ。

「ジークさん、是非断絶の壁に行きましょう。協力してくれますか」

「もちろんです。こちらこそお願いしたい」

しかし、現在のイーアス村はいろいろと動きはじめたばかりで、良一が離れるわけにはいかない。

そのことをジークに伝えると、これまで二百年以上調査し続けてきたので、数年待つくらい全然構わないそうだ。

いつもの彼ならふらっと調査に出かけるそうだが、今となっては目的地が明確に定まったので、しばらくはイーアス村に滞在するという。

そこで彼には神秘調査隊解散後に知った内容を報告書にまとめてもらうことにした。

◆◆◆

ジークと出会って数ヵ月後――

良一は新しい家臣団の教育に取り組み、結果も出てきた。

新設した武警隊の隊長は、スロントの知り合いの虎獣人《とらじゅうじん》の男性に任せている。

実力で見たらエルフの剣士リッカがダントツなのだが、彼女は男性隊員とのコミュニケーションに難《なん》があるため、代わりに女性陣の警護についてもらった。

リッカは村の警邏《けいら》などの雑務が終われば、もっぱらココと稽古《けいこ》を行っている。

ココも最初は面食らっていたが、自身も修業オタクの気《け》があるので、すぐに仲良くなったようだ。

文官の方はジークの兄であるゼルが、取りまとめ役をしてくれるようになった。

他の文官達向けに、ジークの報告書のように簡潔《かんけつ》でわかりやすいマニュアルも作成してくれたし、内政の知識に関しては、コリアス村長やスロントも唸るようなものをいくつも持っている。

今までに何度か貴族に仕えていたこともあったそうなので適任と言えるだろう。

また、タケマル商会の支店オープンを契機に、いくつかの商会が支店出店の許可を求めてきた。

タケマル商会に提示した条件とほぼ同じ内容を呑んだ二店舗の出店が新たに決まった。

そんな折、ドワーフの里との街道整備の話も進みはじめている。

家臣団募集に参加して試験に落ちてしまった若者達が盗賊《とうぞく》などになっても困るので、公共事業として彼らを雇い入れることにしたのだ。

人員の確保が早かったため、半月ほどでイーアス村から一キロほどの道を拡張《かくちょう》、整備できた。

路面整備では竜車や馬車も通れるように硬《かた》く締めなければならない。そこは良一の魔導甲機《まどうこうき》――空気中の魔素《まそ》を動力源とする大型の魔道具――が活躍した。

こうした事業のおかげもあって、イーアス村にさらに活気が出てきた。

最近では村も忙しさの峠《とうげ》を越えて、良一が判断しなければならないことも少なくなってきた。

そんな中、ついに断絶の壁に向かう計画を実行に移す日が決まった。

今回はセントリアス樹国に行ったメンバーにジークとリッカを加えたパーティで挑む。

ジークは神の塔の調査には外せないし、メアとモアの安全を考慮すると、リッカの参加はありがたい。

とはいえこちらから申し出たのではなく、リッカから〝計画に参加したい〟と言われて認めた形だ。

断絶の壁を目指すのは家臣団の中でも噂になっているが、移動手段に飛空艇を用いるなどの事情もあり、機密の観点から公《おおやけ》にはしていない。

しかし、どこからか噂を聞きつけた彼女は、メンバー全員の許可を取った上で良一に頼み込んできたので、その熱量に負けて参加を認めることになった。

良一は仕事が終わったメンバーに談話室に集まってもらい、改めて断絶の壁に行く計画を説明する。

「……というわけで、半月後の村の納税作業が終わった二日後、出発することにする。ジークとリッカにも説明したけれど、移動の際には秘匿性《ひとくせい》の高い乗り物で向かう。二人にはこの旅が終わってもその乗り物の情報を他所《よそ》には漏らさないでほしい」

「わかりました」

「……はい」

ジークは当然というように頷き、リッカは消え入りそうな声で返事をした。

声に出して応えてくれるだけでも大きな進歩であり、ココも彼女の成長を嬉しそうに見ている。

「出発までに準備を整えておいてくれ。日中は仕事で忙しいと思うけど、よろしく」

「「はい」」

旅の最中の食料や日用品、また飛空艇の整備はみっちゃんにお願いしておく。

留守を家臣団に頼むなど、準備は着々と進んでいった。

◆◆◆

そしていよいよ、良一達が出発する日がやってきた。

良一は今回も留守を任せるポタルを激励していた。

「ポタル君、今度の旅ではしばらく連絡がつかなくなるけれど、皆と協力してやってくれ」

「はい、お任せください」

先日、イーアス村から延びている整備中の街道にシャウトベアが出たが、数人の作業員が負傷しただけで、武警隊のみで討《う》ち取《と》ることができた。

今までならば、良一やキャリーやココが処理していた村の防衛に関する案件も心配がいらなくなったので、より一層、安心感が増した。

領主が指示をしなくても問題が解決し、村の安寧《あんねい》が保たれる理想的な環境のおかげで、旅に出る目途《めど》が立ったのだ。

「それじゃあ、行ってくるよ」

「「行ってらっしゃいませ」」

村の皆にも見送られながら、一行は出発した。

それからは、いつも通り飛空艇の発着に利用している場所に向かう。

ジークやリッカも疑問を口に出さずに良一達の後をついてくる。

しばらくして飛空艇に辿り着いたが、一応念を入れて、夜の暗闇《くらやみ》に紛れて発進することにした。

ジークとリッカにも飛空艇のことは伝えていたが、空を飛ぶ船というのは想像できないらしい。

こうして目の前にしてもまだ信じきれずにいるようだ。

「石川男爵、本当にこの船は空を飛ぶのですか？　翼《つばさ》などがどこにも見当たりませんが……」

「鳥人族の方々と違って翼をはためかせて飛ぶわけではないのですよ」

「はあ、そうなのですか」

「飛空艇の限界高度ならば断絶の壁を越えられるかもしれないので、着いたら試してみましょう」

数時間待って辺りが暗くなり、周囲に人も感知できない。

そして良一が控えめに号令をかけた。

「じゃあ、出発」

ジークとリッカが初めてのシートベルトに手こずっている間に、飛空艇はゆっくりと上昇を始める。

いつものメンバーは皆慣れたものだ。初心者二人のうちジークは自身も飛べるためか平気そうだが、リッカは内臓がフワッと浮き上がるような感覚に気持ちが悪そうだ。

しかし、浮遊感《ふゆうかん》も上昇が緩《ゆる》やかになるにつれて収まった。

「まさか、本当に飛ぶとは……」

呆《ほう》けたように言うジークに良一が尋ねる。

「ジークさんは自分の力で飛ぶのとはやっぱり感覚が違うんですか？」

「そうですね……不思議なものですが、やはり自分で飛びたいと思ってしまいます」

「まあでも、これればかりは慣れてもらうしかないですね」

リッカの方はこそこそとココと話しているので、彼女に相手を任せれば問題ないだろう。

数カ月ぶりの空の旅だけれど、今回は海を越えてマーランド帝国をも越えていくため、今までで最長距離の移動になる。

航路《こうろ》はみっちゃんに任せているが、ジークの話では断絶の壁がある不毛の大地の上空は、ドラゴンなども飛び交うことがあるそうで、注意しなければならない。

「翌朝には目的地付近に到着するように航行速度を調整しておりますので、皆様はお休みになってください」

皆はみっちゃんの提案に甘えることにした。

「何かあれば遠慮なく起こしてくれ」

みっちゃんにそう告げてから良一も飛空艇内の寝室に入り、明日からの探索に備えて早く寝ることにした。

枕に頭を預けてどれほど経っただろうか、飛空艇内に非常事態を知らせるブザーが鳴り響いた。

みっちゃんが放送で良一の名前を呼んでいるので、何かトラブルが生じたようだ。

「みっちゃん、どうしたんだ！」

「原因不明の事態により、飛空艇の推進力が低下しております。四分十秒後には推進力不足により墜落《ついらく》してしまいます」

「原因不明？　緊急着陸はできないのか」

「万が一人がいた場合、飛空艇を見られる可能性がありますが……」

「墜落するよりはましだ。緊急着陸してくれ」

「かしこまりました。飛空艇はこれより緊急着陸を行います。シートベルトを着用して衝撃に備えてください」

みっちゃんが放送を終えると、飛空艇は地上へと高度を下げはじめた。

良一も慌てて近くの席に座り、シートベルトを締めて窓から外を眺める。

そこにはなんとも言えない色の壁がそびえたっていた。

「これが断絶の壁か……」

一定の高度まで下がると、今まで鳴っていたブザーが止まり、その近くで赤く点滅《てんめつ》を繰り返していたランプも消えた。飛空艇の機能が正常に戻ったみたいだ。

「みっちゃん、いったい何があったんだ？」

「原因不明の推進力低下が止まり、各機器の数値が正常に戻りました」

「じゃあ、飛び続けられるのか」

「可能です」

「それなら、断絶の壁から離れた位置に着陸しよう。何があるかわからないからね」

「かしこまりました。進路を変更して着陸します」

放送で緊急着陸の危険性がなくなったことと、ブリッジに全員集合するように告げる。

「良一兄ちゃん、大丈夫なの？」

「モア、心配かけたな。大丈夫だからこっちにおいで」

モアをはじめ、不安そうな表情のメンバーが集まりはじめる。

「詳しい原因はわからないけれど、飛空艇に異常が出て墜落しそうになった。今は正常に戻ったから、とりあえず人がいない場所に着陸しようと思う」

良一が簡単な説明をしているうちに飛空艇は無事に着陸した。

気分転換も兼ねて一行は一度外に出る。

そこには日差しが強く乾燥《かんそう》した空気とひび割れた大地が広がっていた。〝不毛の大地〟とはまさに名前の通りで、木や草などは一切見当たらない。

そんな中、ぽつんとあった窪地《くぼち》に飛空艇は着陸していた。

メアが呟くように良一に話しかけた。

「良一兄さん、なんにもありませんね……」

「そうだな、今回は観光する場所もなさそうだ」

飛空艇が安定航行できるようになってから、地上に人類がいないか探知魔法を使ってみたが、何も反応はなかった。こんな場所じゃ生活するのも難しいだろうから当たり前だ。

しかし何もない景色だからこそ、断絶の壁は目立つ。

透過性《とうかせい》のある虹色で、その奥には石造りの巨大な建物が見えた。

ただ断絶の壁にさえぎられているので、どのような意匠なのか詳細はわからないが、構造的に塔のようにも思える。

その建物まで探知魔法やソナーを飛ばすが、どんな手段を用いても内部の情報は手に入らなかった。そんな不可思議な壁が空高くまでそびえている。

良一は飛空艇の原因不明の異常は、断絶の壁の影響だと考えていた。詳しいところはみっちゃんの調査待ちだが、直感的にそう思う。

「原因調査及び飛空艇の船体に損傷《そんしょう》はないか、確認を行います」

「ああ、頼む」

みっちゃんは飛空艇に残り、良一達は一度断絶の壁の近くまで行ってみることにした。

「ジークさん、見る限りだと天高くそびえる塔っていうのは、まさに神の塔の特徴に思えるんですけど、どうして過去の神秘調査隊はあれを神の塔だと断定しなかったんですか？」

「すぐにわかりますが、以前の調査隊では、あれは塔ではなくダンジョンの一部と判断されたのです」

ジークの説明はなんだか曖昧《あいまい》だが、彼は〝壁の内部に入ればわかります〟と笑った。

強い日差しがじりじりと肌を焼く中、道も何もない場所を二十分ほど歩いて、ようやく断絶の壁に辿り着いた。

近づいてみると壁や塔の詳細もよくわかる。

離れたところからでは単なる鮮やかな色の壁も、近づくと流動性があるようで水のように揺らめいている。

塔も窓のような枠がついているものの、塔の外側に階段や出入口みたいなものは見当たらない。

「災害ダンジョンに続く階段は反対側ですな」

ジークの案内で一行は塔をぐるっと回り込む。

彼が壁に手を触《ふ》れても大丈夫だと言うので、良一は試しに触《さわ》ってみた。

恐る恐る手を伸ばすと、柔らかな布をピンと張りつめたような質感だ。

しかし、押し込んでも手が沈み込むことはなく、掴みどころのない感触だった。

「不思議でしょう？」

ジークの言葉に良一が納得していると、壁を触っていたモアも声を上げた。

「良一兄ちゃん、これ何なんだろう」

「俺にも全くわからないよ」

皆も思い思いに壁を触りながら感想を言い合っていると、ジークが断絶の壁にあるへこんだ箇所を指さして言った。

「あそこが災害ダンジョンの入口です」

「なるほど……なんとなく世界樹の登上口に似ているな」

良一の呟きにジークが反応した。

「ええ、人が作ったのではなく、ダンジョン、あるいは神の塔が自ら作ったように感じ取れるのです」

「確かに装飾が一切ないし、ただ最低限の機能だけという造りに見えますね」

外部の者を招き入れるかのように、断絶の壁でできた通路が延びている。

一行はジークを先頭に、その通路を進み、塔の内部へと足を踏み入れる。

そこは大きな円形ホールだった。白と黒のモノトーンの内装で、照明器具などはないのだが、壁や天井が発光していて明るい。

床や壁、天井は白く、いくつかある階段は黒一色だ。

そのどれもが地下へと続いていて、模様のない壁や床と違い、細かなレリーフが彫《ほ》られている。

それらは魔物に襲われる人間や、魔物の牙《きば》や角《つの》を表しているようだ。

まさに地獄《じごく》へ続く階段であると感じさせられる。

この階段の下にはレベルも高く、能力も厄介《やっかい》なモンスターが大量にいるそうなので、一行が入る予定はない。

「それで、ジークさんは気になるところとかありますか？」

「前回来たのは二百年ほど前ですが……すでに記憶とは差異があるところがございますね」

「差異があるところ？」

「階段の数です。以前は真ん中に大きな階段が一つだけだったのですが、その階段がなくなり、今は奥と左右に一つずつ、合計で三つに増えております。ここは断言できますね」

「階段の数……入口によって難易度が変わったりするのか……？」

良一がジークの言葉に少し考え込んでいると、モアが裾《すそ》を引っ張った。

「良一兄ちゃん」

振り返ると、彼女は天井を指さしていた。

「どうした、モア」

「あそこに穴があいてるよ」

「穴？」

モアが指し示す先をよく見ると、確かに天井に穴が開いていた。

そこはジークが過去に階段があったと言っていた、ホール中央付近の天井だ。

「なんだろうな」

「それなら私が少し調べてみます」

言うが早いか、ジークは翼を広げて飛び立った。一度羽ばたいただけで天井付近まで上昇する。

「これは……鍵穴《かぎあな》ですかな」

「鍵穴？」

鍵穴と言われても、こんなところで使える鍵なんて持ち合わせていない。

順当に考えるならば、災害ダンジョンの中にこの鍵穴に合う鍵があるのだろう。

しかし、広大な迷宮からそんなものを見つけ出そうと思ったらとても大変だ。

「ダンジョンに潜《もぐ》るしかないのか……」

諦めたように呟く良一に、ジークも同意を示す。

「それが一番手っ取り早い手段に思えますな」

「今のメンバーなら戦力としては充分かもしれないけれど、メアとモアの護衛が必要ですね」

本来ならリッカに頼むのだが、過去に多くの冒険者が断念した災害ダンジョンに挑むなら、全戦力で当たりたい。そこへメアからこんな提案があった。

「良一兄さん、私が飛空艇に残ってモアを守ります」

これにはさすがの良一も簡単に首を縦には振らない。

「いや、それは危ないよ……」

「大丈夫です。私も精霊魔法を使えますし、飛空艇にいれば安全なはずですよね」

良一はしばらく渋っていたものの、ココやキャリーの後押しもあって、ここはメアに任せると決める。

「メア、本当に頼めるか？」

「任せてください！　モアもお姉ちゃんと一緒なら大丈夫でしょ？」

「うん、モアもメア姉ちゃんと待ってるよ」

不安は拭い切れないが、最近のメアは体力的にも精神的にもどんどん成長している。良一もその頼もしさを買うことにした。

「わかった。今回はメアとモアの二人を信じるよ」

良一達は一旦飛空艇で原因調査をしているみっちゃんのもとへ戻った。

彼女と合流してから、ダンジョンに潜る準備を整える。

飛空艇にはメアとモアを守るための警護用の魔導機を配置して、万全の状態を作りあげた。

◆◆◆

そして翌日――

良一達は災害ダンジョンに出発した。

「じゃあメアとモア、絶対に帰ってくるから待っていてくれ」

「わかりました。頑張ってください、良一兄さん」

「良一兄ちゃん、頑張って！」

他の皆もメアとモアの声援を受けて歩き出す。

「それじゃあ気を引き締めて、皆無事に戻ってきましょう」

良一の宣言で、一行は災害ダンジョンへ入っていった。

災害ダンジョンと断絶の壁という名前は、ジーク達神秘調査隊がつけたそうだ。

ここは二百年前まで全く知られていない場所であった。

そもそも不毛の大地は人が生活できる環境ではなく、一番近い人里でも徒歩で三日はかかる。

最も近い村では、この場所は〝人生に絶望した者が行く場所〟と言われていた。

何者にも傷つけることができない壁に覆われているのは、天から地面の奥底に伸びる巨大なダンジョン。その果てには地獄があり、神に見放された罪人が閉じ込められているとまで言い伝えられているらしい。

「我々、神秘調査隊がこの場所に調査に訪れたのも、その噂を耳にしたからです」

調査隊がここに来た経緯をジークが説明する。

「それで災害ダンジョンに挑戦して、結果は途中で撤退《てったい》だった、と」

「そうです。しかし調査隊の装備はダンジョン攻略を想定したものではなく、当時も踏破までは考えていませんでした」

「それでその時も地下三十階層で調査を打ち切ったんですね」

「ダンジョンは十階層ごとに主《ぬし》のような強力なモンスターが存在しています。三十階層の主は討伐しましたが、重傷者五名、残りも全員が軽傷を負って、無傷の者はいませんでした」

その悲惨な結果に良一は思わず身震いしてしまう。

「そいつはどんなモンスターだったんですか？」

「そもそも災害ダンジョンという名前は主の特徴からきています。十階層の主は全身が燃えている虎型のモンスター。二十階層の主は自身の周辺に無数の台風を発生させる猫型のモンスター。最後の三十階層の主は雷を操《あやつ》る鎧型《よろいがた》のモンスターでした」

「火災に台風に雷、まさに災害ですね……」

「私も三十階層の主の雷をくらって火傷《やけど》を負いました。防御魔法で重傷は避けられましたが、雷を浴びた衝撃で意識を失ってしまいました」

良一達一行は、即席ながら隊列を組んで災害ダンジョンに挑んでいる。

この一行でダンジョンに潜った経験があるのは、キャリーとスロント、そしてジークの三人である。

そのため隊列の先頭から、キャリー、ココ、みっちゃん、マアロ、良一、ジーク、リッカ、スロントという順番で進んでいた。

一行の中で斥候《せっこう》としての能力が高いキャリーとココが前に注意を向ける。

モンスターの探知や銃《じゅう》による援護《えんご》でみっちゃん、回復や霊型モンスターの対応にマアロ、良一はいざという時に前後に分身を召喚して対応する役割だ。唯一災害ダンジョンに来たことがあるジークには隊の指揮を執《と》ってもらい、リッカとスロントは背後からの急襲に備えるという布陣《ふじん》である。

この布陣は昨日の晩に全員で意見を出し合って決めたのだが、現状はとても有効に機能していた。

特に一行の中でも存在感を発揮しているのは、みっちゃんである。

彼女は人工アンドロイドなので、ダンジョンのマッピングや各種レーダーで階層にいるモンスターの位置や数を詳細に把握できる。これのおかげで今のところ突発的な戦闘は起きていない。

さらに彼女は、キャリーが直感的に気づいたトラップなどから学習し、同じようなものを次々と検知しはじめて、メンバーの仕事がなくなるほどだった。

「石川男爵のメンバーは驚くべき実力の持ち主ばかりですね」

ジークが感心したように漏らすと、良一も感慨深《かんがいぶか》げに口を開いた。

「今までの旅や冒険でも皆がいてくれたからこそ、今がありますから」

「皆さんを信頼しているのですな」

「もちろんです」

今回のダンジョンに挑んだ目的である鍵の捜索《そうさく》のため、一行は一階層ごとに隅から隅まで調べて歩く。

ダンジョンの中にはいかにもな箱や部屋があるけれど、それらにもトラップが仕掛けられている。

しかしその度に、みっちゃんがあっという間に解除してしまった。

キャリーが言うには、難関のダンジョンでは一流の斥候や専門職が神経をすり減らすほどに集中してトラップを解除するそうだ。やはりこの場所においてみっちゃんの存在は大きい。

解除された箱や部屋の中には、宝石や反物《たんもの》、見事な出来栄《できば》えの武具や防具などが収められていた。

「前回の調査隊も箱を開けたんですよね？」

「ええ、回収されたものは調査隊に協力した国に全て分配されて、隊員の手元にはほとんど残りませんでしたけど。今でも各国の宝物庫に国宝として保管されていると思いますよ」

「まあ、確かにどれ一つとっても高額な物ばかりですからね」

ジークとそんな話をしながら探すものの、お目当ての鍵は見つからない。

良一達は五階層を調査し終えたところで、一度地上に戻ることにした。

メアやモアも心配なのだが、こうも順調に進んでしまうと、立てていた予定に狂《くる》いが生じる。作戦や予定を立て直すにも安全な飛空艇の方が良いだろう。

帰り道もみっちゃんのエスコートで迷うことなく地上に出られた。

今回のダンジョン挑戦でわかったのは、ダンジョン内では飛空艇にいるメアやモアに通信が届かないということだ。

そこから良一は、断絶の壁には結界に似た効果があると推測した。

また、ジークが言うにはダンジョン内部の造《つく》りが以前と違うらしい。

今回挑戦したのは入口から見て正面奥にある階段を下りた先のダンジョンなのだが、前回よりも箱や部屋の数が多いそうだ。

神秘調査隊の時は階層主のモンスターに挑戦する以外は複数の隊に分かれて調査していたという違いはあるものの、それでもやはり違和感があるとジークは主張した。

「ただいま、メア、モア」

「お帰りなさい、良一兄さん！」

「良一兄ちゃん、お帰り！」

ダンジョンを出た時に戻る旨の連絡を入れていたので、二人はすぐに良一達を迎え入れる。

二人とも特に問題はなく、良一達のダンジョンでの話をせがんできた。

「それでは早速、今日のダンジョンでの手ごたえを考慮して、作戦と予定を立てようと思います」

はじめに良一が発言すると、キャリーが本日の一番の成果をまとめる。

「とりあえず、当初の予定以上にダンジョンを調査できたのは嬉しいわね。私も斥候役を務めるはずだったけど、みっちゃんのおかげで精神的な疲労がとても抑えられたわ」

「確かに、みっちゃんの果たした役割は素晴《すば》らしかった」

「ありがとうございます。皆様のお役に立てて光栄です」

いつも通り感情があまり見えない声でみっちゃんが返事をした。

「それを踏まえて、明日は予定通り、今日とは違う階段を下りてみよう」

今日潜ったダンジョンには下に通じる階段しかなく、他に出入口らしきものもなかった。

つまり、入口の広間にあった他の階段の先の空間とは繋がっていないはずだ。

試しに左右の階段を下りて確認だけしてみたが、正面と同じようなダンジョンの光景が広がっていた。

「一つのルートばかりを調査するよりも、複数潜ってみた方がよさそうですね」

納得したような様子のココに、良一は頷いて続ける。

「それともう一つ、今のパーティを二つに分けるというのは無理だ。みっちゃんの重要性もあるけど、皆の安全性という観点から今日の編成で潜り続ける」

一行は新たに決め直した作戦に従って、二日目に左側の階段、三日目に右側の階段に挑戦したが、いずれも初日とあまり違いは見られなかった。

ダンジョンの通路や部屋の位置などの構造は異なっている。ただ、歩き回っているモンスターの種類や強さはほとんど変わらなかった。

その数日後には初めて階層主のモンスターに挑んだ。

正面の階段の十階層の主は、ジークが言っていた全身が燃《も》え盛《さか》る虎型のモンスターだ。

以前にジーク達が見出《みいだ》した対処法がそのまま役に立ち、大きな被害を受けることなく退治できた。

左右の階段の先でも十階層に主のモンスターが出たが、全く同じ虎型のモンスターだったのは新しい発見かもしれない。

そしてこの日、良一達は十階層が一日で飛空艇に戻れる限界の深さだというのを確認した。

それよりも先、十一階層よりも深く潜ろうとすると、ダンジョン内で寝泊まりする必要がある。

しかし、ジークによればこのペースも異常で、神秘調査隊が一日で潜れたのは最高でも三階層までだそうだ。これと比較すると、良一達は三倍以上のペースで進んでいる。

メアとモアの留守番には一抹の不安があるものの、ココやキャリーから二人を信じてみろと諭《さと》され、良一も納得した。

また、二人とも良一達がダンジョン内で宿泊し、数日間飛空艇に戻れなくなるのを了承した。

「じゃあ、今日から一気に十階層まで下りて、二十階層の主を倒すまで地上には戻らない。みっちゃんのおかげで予想よりも簡単にダンジョン攻略が進んでいるが、集中力は切らさないようにしよう」

そして複数日にわたるダンジョン挑戦が始まった。

良一もモンスターや野盗《やとう》が出る場所で野宿した経験は今までに何度もあるが、ダンジョン内での野宿は感覚が違った。

ダンジョン内は天井についている光源で一定の明るさが確保されているので、時計を見ないと時間の判断がつかない。

一応キャリーやスロント、ジークからはダンジョン内での宿泊の心得《こころえ》は聞いているけれど、皆も対応に苦慮《くりょ》しているみたいだ。

しかし攻略自体は順調に進み、二十階層も目前というところまで来た。

時計を見ると夜といえる時間になっていたので、一行は比較的安全と思《おぼ》しき場所で休憩を取ることにする。

休憩中でもモンスターの対処は必要なので、食事を取りながらも意識は周囲に向ける。

二十階層の主モンスターの対処法について話し合っていると、みっちゃんが警告を発した。

「どうしたんだ、みっちゃん」

「正体不明の生物が猛《もう》スピードで接近しております。退避《たいひ》が間に合いません。至急戦闘準備を」

彼女がそこまで言う間に、良一達は武器を手にして周囲の状況に気を配っていた。

「正体不明の生物は正面通路から、あと五秒、四、三、二、一」

みっちゃんがカウントし終わると同時に、良一達の前に白い仮面を被った人間が現れた。

白い仮面は頭の前面を隠し、目と口の部分に切込みが入っている。

顔の造形《ぞうけい》や表情は見えないが、くすんだ銀色の髪が見え隠れしていた。

白いシャツに白いズボン、およそダンジョンの地下深くとは思えないほど綺麗な服装だ。

互いに対峙したまま時間が止まったかのごとき静けさが訪れる。

相手はこちらの出方を窺うように尋ねてきた。

「お前達はダンジョン攻略を夢見る冒険者か？　それとも別の目的を持っているのか？」

「このダンジョンにあると思われるものを探しているんだよ」

良一が代表して答える。その声からどうやら白い仮面の人物は男性らしい。

「探しているもの……財宝や武具の類《たぐい》か？」

「いや、鍵だ」

「鍵、か……」

白い仮面の男は黙り込んで何かを考えている様子だったが、数秒後に顔を上げた。

「……もしかして広間の入口で使う鍵を探しているのか？」

白い仮面の男がずばりと核心をつき、良一は返答に一瞬詰まってしまう。

「あの鍵穴は特殊な条件が揃わないと見ることもできない。お前達、普通の人間ではないな」

白い仮面の男の威圧感《いあっかん》が増す。

どうやらこの白い仮面の男も普通の人間ではなさそうだ。

相手はよほどの実力者なのか、こちらの人数を見ても平然としている。戦闘になれば無傷では済まないだろう。

良一は場の主導権を少しでも奪うべく男に問いかけた。

「お前こそ何者だ？　ダンジョンに潜るような格好でもないだろ」

男は一呼吸おいてから、その質問に答えた。

「俺はこの地の〝守り人〟だ。ダンジョン内で増えすぎたモンスターを間引《まび》いているんだよ」

「〝守り人〟？　そんな話は聞いたことがないな」

なんとなく心当たりがある気もするが、気は抜けない。

互いの間の緊張は少しずつ高まり、もはや戦闘は避けられそうにない。

良一達も武器を握る手に力が入りはじめたその時……

「待て！」

突然白い仮面の男が片手を前に突き出して声を上げた。

良一達も仕掛けるタイミングを逸《いっ》して戸惑う。

「黒髪黒目の若い男、黒髪の犬獣人の女、金髪のエルフの神官……お前には水色の髪の妹が二人いるか？」

白い仮面の男が良一達を知っているそぶりを見せた。

「……妹なら二人いて、髪の色は水色だ」

良一が訝《いぶか》しみながらも正直に答えると、男がおもむろに仮面を外した。

仮面の下の素顔は良一よりも少し年上のイケメンなのだが、どことなく見覚えがある。

その顔に、良一はすぐに思い当たった。

眼鏡もしておらず皺《しわ》などもないけれど、神白に似ているのだ。目元の雰囲気や全体の印象などがそっくりだ。まるで親子みたいな……

「神白さん、ですか？」

「親父の別名を知っているのか」

思わず出てしまった良一の質問に対する彼の返答で、目の前の若い男性は神白の息子だと判明した。同時に、男から感じていた威圧する雰囲気が霧散《むさん》する。

「親父から何度か聞いたことがある。主神ゼヴォスが異世界転移させた初めての男だと」

「えっと……お父さんの神白さんにはいつもお世話になっています」

「いや、俺に言われてもな……」

一触即発《いっしょくそくはつ》の雰囲気からがらっと変わった空気に、良一達の反応が追いつかない。

「それなら入口の鍵穴に気がつくのも納得だ。神の塔に用事があるのか？　でも、それなら何故《なぜ》親父から鍵を渡されていないんだ」

男は少し疑わしそうに良一に尋ねるが、その問いかけの中に聞き逃せない単語が含まれていた。

「今〝神の塔〟って言いましたよね……？」

「ああ」

良一の問いかけに、神白の息子はあっさり答える。

その返事を聞いた瞬間に、ジークがその場に崩れ落ちた。キャリーが慌てて彼を支えようとする。

ジークの挙動《きょどう》に神白の息子が少しだけ目を見開く。

「すみません、事情や状況が少しずつわかってきたので、落ち着いて話し合いをしませんか」

良一の提案に神白の息子も頷いた。

早速みっちゃんがテーブルと椅子を用意する。ダンジョンの中だが、神白の息子であれば雑な対応はできない。

良一達は準備されたテーブルに対面して座る。

ココやリッカには万が一のために周辺の監視をお願いした。

「改めまして、石川良一です。ご存じのようですが、こちらの世界に来た転移者です」

「俺の名前はブルク。先に言った通り、この場所の守り人をしている」

「よろしくお願いします。早速なんですけど、この場所は災害ダンジョンと神の塔の二つの役割を兼ねているということでしょうか？」

「そうだな」

「ブルクさん、確かに俺達は神の塔に行こうとしていました」

そこで良一は主神ゼヴォスから貰った手紙を差し出した。ブルクはそれを読んで、全て理解したようだ。

「この手紙は間違いなく主神ゼヴォスの直筆《じきひつ》だ。それにしても〝神の塔の守り人を訪ねろ〟とは、主神も無茶を言う。しかし、これは間接的に俺への依頼書にもなっているし、主神からの頼みとあらば断れるはずもない」

ブルクはさらに言葉を続けた。

「けれどなんでわざわざダンジョンに潜っていたんだ？　親父経由でも知らせてくれれば良かっただろうに」

「俺達はこの場所が神の塔だと当たりをつけてはいましたが、確信にまで至っていなかったんです」

「はあ？　なら、不確かな情報でここまで来たのか」

「そうなりますね」

良一が応えると、ブルクはしまったというように口を引きつらせた。

「俺が真相をばらす形になってしまったのか……親父にまた小言《こごと》を言われてしまうな」

「俺達も手紙に書いてあったのに、すぐに言えずに申し訳ないです」

「気にするな、俺自身の問題だからな」

〝守り人〟という言葉に良一は思い当たる節があったが、あの時は油断できない状況だった。彼はブルクにそのことを謝罪する。

話が一区切りついたところで、一行は改めてジークの考えが間違っていなかったと理解した。

皆がジークを見やると彼は静かに涙を流していた。ブルクが首を傾げる。

「そこのフクロウの鳥人族はなんで泣いているんだ？」

「ジークさんは二百年以上、神の塔を探していたんです。それが報《むく》われたのが嬉しかったのでしょう。確かな証拠はありませんでしたが、ここが神の塔ではないかと推測していたのも彼なんです」

「そうだったのか……この世界の者が神の塔を探し当てるには並々ならぬ努力と運が必要だ。その苦労は計り知れない。とはいえ、まだ神の塔に入ってもいないのだ、涙はその時までとっておけばいい」

ジークを気遣うブルクに、良一は別の質問を投げかけた。

「改めてなんですけど、やはりダンジョンの入口の天井が神の塔への入口なんですか？」

「そうだ。もう今さらだが、あの鍵を開ければ神の塔への道が開く」

これでようやく全ての事情が理解できた。ブルクが椅子から立ち上がる。

「本来なら鍵は、地下百階層にあるんだが……まあ、守り人の俺がいるからわざわざ鍵を取りに行かなくてもいいだろう」

「地下百階層！　……本当に良いんですか？」

「〝神降ろし〟を習得するんだろう？　その時に精々《せいぜい》しごかせてもらうさ」

良一は背筋がゾクッとするのを感じた。

「さあ、さっさとこんな辛気臭《しんきくさ》いダンジョンを出て、神の塔に行くぞ」

それからはブルクが先導してダンジョンの入口へ戻る。

彼の移動速度は速く、良一達はついていくのに精一杯だった。

ブルクもあえてそうしているようで、時折振り返っては良一達がついてきているのか確認している。そうして、一行はみっちゃんが案内する以上のスピードでダンジョンの入口まで戻ってきた。

良一は呼吸の乱れを整えながら、途中で置いていかれそうでおぶっていたマアロを地面に下ろした。

気を遣う余裕もなかった良一に揺さぶられて乗り心地は最悪だったのか、マアロも青い顔をしている。

「チート能力に頼り切り、というわけでもないんだな」

ブルクが意外そうな表情を浮かべた。

「俺の能力を測っていたんですか？」

「どれだけ厳しいノルマを与えられるか考えていたんだよ」

そう言い残して、彼は天井までスーッと浮かび上がる。

そしてポケットから取り出した銀色の鍵を件の鍵穴に差し込んだ。

彼が鍵を回すと、天井が光って波打ちはじめる。その後、七色に光る螺旋階段《らせんかいだん》がゆっくり下りてきた。

良一達がその光景に目を奪われているうちに、階段の光量が落ち着き、ブルクの着ている服と同じ、真っ白な螺旋階段がそこにあった。

「それじゃあ、上がってきてくれ」

ブルクは空中に浮かんだまま、入口にいる良一達に声をかける。

「待ってください。少し離れた場所に妹二人がいるんです。彼女達も連れていきたいのですが……」

「姿が見当たらないと思ったが、留守番させていたのか。それなら呼んでくればいい」

ブルクが地面に降り立つと、白い螺旋階段が一瞬で消失する。

その光景に呆気《あっけ》にとられながら、良一達は飛空艇で待つメアとモアを呼びに行った。

飛空艇に向かいつつメアに連絡を入れると、準備をして待っているとのことだ。

その言葉通り、二人は万端の用意をして待っていた。

「良一兄ちゃん、神の塔が見つかったの？」

「鍵が見つかったんですか？」

立て続けに質問する二人に良一が答える。

「うーん、結局鍵は見つからなかったんだけどね。神の塔の守り人に会ったんだ」

塔に戻りながらメアとモアの二人に説明する。

断絶の壁に着くと、入口でブルクがちゃんと待っていてくれた。

「その二人が妹か。確かに水色の髪だな」

「石川メアです。初めまして」

「石川モアです」

「ブルクだ。全員揃ったなら神の塔へ上がるぞ」

ブルクは鍵を使って再び螺旋階段を下ろす。

その光景を初めて見るメアとモアは目を見張っていた。ただ良一達も二度目でも圧倒される。

そしていよいよ、旅の目的地である神の塔に足を踏み入れる時が来た。

良一達は現れた螺旋階段をゆっくりと上がっていく。最後尾のキャリーが上る度に、下から順に階段が消えていった。広間の天井を抜けると、螺旋階段に沿って、絵が描かれた壁がしばらく続く。

災害ダンジョンの階段には地獄のようなレリーフが彫られていたが、こちらは逆に神と人間の関係が描かれている。

神が大地を形作り、生物を生み出すといった内容の神話で、ジークはその絵を食い入るように見つめて動かない。

このままでは彼が階段を上り切るのに数日かかりそうだ。見かねたブルクがいつでも見られると諭すと、ジークも渋々観察を断念して再び階段を上りはじめた。

浮遊するブルクを追って、一行は広間に出た。

「これは……」

良一達がいるのは、立派な装飾の石がきっちりと積まれた壁に囲まれた場所だった。

「ようこそ神の塔へ。守り人として客人を歓迎しよう」

ブルクが宣言するように声を響かせる。

――良一達はついに神の塔へ辿り着いた。

神秘調査隊や数多の高名な神官が成し遂げられなかった偉業《いぎょう》を達成したのだ。

ジークも長年の悲願を果たして感情が振り切れたのか、その場に座り込んで、口を開けたまま天を見上げている。

メアやモア達も神の塔の内部に目を奪われており、マアロも神官として感無量といった様子だ。

良一も記憶に刻みつけるように内部をゆっくりと見渡す。

日の光のような暖かな輝きが壁から放たれており、とても居心地のいい空間になっている。

神殿のように神意を感じるが、それが神殿の比ではなく、まさに神界にいるみたいだった。

そうしてしばらくその光景に見蕩《みと》れた後、自然と広間の中心に視線が引き寄せられる。

そこには噴水《ふんすい》があり、いつの間にか神白と見知らぬ美女が座っていた。これにはブルクも驚いた様子だ。

「親父にお袋……？　いつ来たんだ」

「つい先ほどだ」

神白がブルクの問いかけに答えながら立ち上がる。女性も神白について、良一達に近づいてきた。

「石川さん、見事神の塔に到達されましたね。おめでとうございます。この場所に辿り着くのも大変だったでしょう」

「いえ、最後はブルクさんに連れてきていただいたので」

良一の返事に神白と女性が微笑んで頷いた。

「息子も三主神の皆様からこの地の守り人を任されているのです。守り人の役目はこの地を守り、この地に導く仕事。石川さんを案内するのもその一つですよ」

神白はそう言ってから、女性を紹介した。

「紹介させていただきます。私の妻のティリアです」

「ティリアです。主人からお話は聞かせていただいております」

「初めまして、石川良一です」

まさかの神白親子勢揃いとなった。ブルクはどこか居心地が悪そうだ。

神白は〝立ち話もなんですから〟と言って、どこからか一瞬で椅子を準備した。

「石川さん達が、この神の塔に辿り着くまでの動きを拝見しておりました」

「だいぶ回り道をしてしまいまして……」

「いえいえ、一歩一歩着実に進んでいく、石川さんの良いところが出ていましたよ」

「お恥ずかしい限りです」

神白は会うといつも良一を褒めてくれる。良一は嬉しさ半分照れ半分で頭を掻《か》く。

そんな良一に代わって、ブルクが神白に尋ねる。

「親父が今ここに姿を現したのは、なんのためだ？」

「お前が石川さんに無茶をさせないように忠告するのと、彼にこの石を渡すためだ」

神白は七色に光輝く石をテーブルに置いた。それを見たブルクが目を見開く。

「世界石じゃないか！　いくら親父でもここの守り人は俺だ。俺の許可なしに世界石を取得、譲渡《じょうと》するのはルール違反だぞ」

「落ち着きなさい。これは確かに世界石だが、今採取したものではない」

「……よく見れば確かに」

ブルクを宥《なだ》めた神白が、良一達に説明する。

「これは私がかつて神の塔にて手に入れたものです」

「神白さんが……？」

メンバー全員が彼の言葉に耳を傾ける。

「身の上話をするのは少し恥ずかしいですが……石川さん達はこの神の塔について調べていた時に

昔話を聞いたことはありませんか？」

「ありました。確か英雄と大精霊の恋の話でしたっけ」

あれは湖の大精霊から世界石の話を初めて聞いた時だったはずだ。まさか……

「あれは私と妻の話なのです」

「「「えっ！」」」

「もう幾千年《いくせんねん》も昔の話ですがね」

「じゃあ、神白さんがあのおとぎ話の英雄で、奥さんが大精霊様なんですね」

良一がそう言うと、ティリアが頬を染めながら頷く。

マアロも衝撃の事実に開いた口が塞《ふさ》がらない様子だ。

一方ジークは、次々と明らかになる新事実をメモ帳に細かく書き連ねるのに忙しそうだった。

神白はなおも話を続ける。

「改めまして、石川さんにはお願いしたいことがあるのです」

「お願い……なんでしょう？」

「石川さんには、人間としての寿命を迎えましたら私と同じように亜神《あしん》になっていただきたいのです」

「亜神ですか！」

それから聞いた神白の話をまとめると、彼が勇者だった頃、神の塔を見つけ出して、世界石を求めた。そのために三主神が提示した条件は、神白が亜神となり三主神に仕えることだったそうだ。

彼はその条件を受諾《じゅだく》し、大精霊と結婚した後に亜神へ昇格した。

今では主神ゼヴォス専属となっているが、亜神になったばかりの頃は様々な仕事をこなしたらしい。

良一には、神白が現在抱えている仕事の一つを引き受けてもらいたいとのこと。それが……

「異世界転移の管理、ですか……」

「石川さん自身が体験したことを生かして、これから転移が起きた際に手助けしてほしいのです。世界石を形《かた》に取るようで申し訳ないのですが、石川さんには是非受けていただきたい」

良一は頭を下げる神白を見つめる。

彼は自身の大切な思い出の品を差し出してまで頼んでいるのだ。良一の考えは決まった。

「神白さん、頭を上げてください。そのお話、お受けします」

「本当ですか？　ありがとうございます」

「人の寿命を迎えたらということなので、死んでからの話ですよね」

「そうなります」

「わかりました。神白さんには助けられてばかりですから、少しでも恩返しができるならやらせていただきます」

良一の承諾《しょうだく》を得た神白は、一枚の契約書を差し出した。

そこには死後に亜神になるという内容が記されていた。

領主生活の中で数多の書類にサインしてきた良一も、これぱかりは緊張して少し手が震える。

彼は書き慣れているはずの自分の名前を、苦戦しながらもなんとか書ききった。

「では最後に、血判《けっぱん》をお願いします」

神白がナイフを差し出す。それを受け取った良一は覚悟を決めて少しだけ指先を切り、血をにじませた。

親指でしっかりと押印《おういん》すると、契約書が光って血が自然と止まった。神白は良一に笑いかける。

「これで石川さんも亜神見習いですね。また亜神見習いになったことで、ルール上今までのように石川さんが窮地《きゅうち》に陥った時も私は助けられなくなりました」

「いえ、これまで散々助けていただいたんです。精進しますよ」

「ありがとうございます。また、皆様にはこの場で見たり聞いたりしたことについては、胸の内に留めていただきたい」

皆も真剣な面持ちで、神白の頼みを承諾した。

「それではお約束の世界石です。お受け取りください」

良一は神白から手渡された世界石を、とても重く感じた。

彼とティリアの大切な石が良一へ受け継がれる。その分の重みなのだろう。

「湖の大精霊には妻から連絡を入れております。今すぐにでもここと精霊界を繋げられると思いますよ」

早速、世界石の使い方をレクチャーしてもらい、精霊界とこの場を結ぶ。

すると目の前の空間に切れ込みが入り、一メートルほどの空間が開いた。

そして、その空間の奥から湖の大精霊と森の大精霊、そして二人の娘であるセラとシーアが歩いてきた。モアが嬉しそうにその名前を呼ぶ。

「セラちゃん！　シーアちゃん！」

「モア、久しぶり」

「久しぶりなのです」

三人が互いに抱き合って再会を喜び合う。

湖の大精霊と森の大精霊は良一に歩み寄ってきた。

「石川くんも見事にやり遂げたわね～」

「まったく、ティリア姉様を娶った男に続いて、神の塔にまで辿り着くとは……」

二人の大精霊に良一は曖昧な笑みを浮かべて応える。

「そういえば、湖の大精霊様は神の塔についてよく知っていたんですね」

「あら〜、ごめんなさいね。詳しく喋っちゃいけなかったのよ」

「でも大精霊様のおかげで、神の塔が実在するという心の拠《よ》り所《どころ》になりました。感謝します」

「お礼はドーナツ二箱でいいわよ」

「そのくらいすぐに用意させていただきますよ」

湖の大精霊に呆れ笑いを返したところで、モアが駆け寄ってきた。

「良一兄ちゃん、これからはいつでもセラちゃんとシーアちゃんと遊べるの？」

「ああ、世界石の使い方も聞いたからな」

「やったー！」

モア、セラ、シーアの三人がいると、やはり場が一気に明るくなる。

「おい、石川良一。目的を忘れていないか」

そこで釘《くぎ》を刺《さ》してきたのは、すっかりと脇《わき》に追いやられていたブルクだ。

両親の前では調子が出ないのか、黙っているだけだった彼は少し不満げだった。

「もちろん忘れていませんよ。神降ろしの習得ですよね」

「なら、いいんだけどよ」

ブルクもそう言って、フンと鼻を鳴らす。

「石川さんなら必ず神降ろしを習得できるはずです。応援していますよ」

神白はこれから行かなければならない場所があるそうで、ブルクに〝石川さんに無茶をさせるな〟と一言残して転移した。

この場は良一達とセラやシーアなどの大精霊達、そして神白の妻ティリアとブルクだけになった。

ティリアはしばらく大精霊達と談笑するみたいだ。母親を横目に見ながら、ブルクが咳払いを一つして話しはじめた。

「改めて聞くぞ。この中で神降ろしを習得したい奴は誰だ？」

「誰でも習得できるのですか？」

「誰でも、というわけじゃあない。資質がなければ難しいだろう」

それを聞いてなお希望したのは、良一、ココ、マアロ、キャリー、スロント、ジーク、リッカだ。

ここまでは予想通りの面子《めんつ》だが、メアまでその小さな手を挙げて、参加の意志を示していた。

「八人か……さて、このうち何人が習得できるかな」

ブルクは準備があると言って一旦姿を消した。その間に良一はメアに声をかける。

「メアも覚悟はあるんだな」

「私も皆を手伝える力が欲しいんです」

メアが真剣に答えたので、不安は残るものの、良一は彼女の意志を尊重《そんちょう》することにした。

他の皆もそれぞれ何をやるのかを考えながら話している。

参加しないモア達をみっちゃんに任せて、良一達は神降ろしだけに集中する。

やがてブルクが戻ってきた。

「待たせたな。親父には釘を刺されたが、俺は俺のやり方でやらせてもらう」

そう言いながら彼は右の人差し指を一本立てる。

「一ヵ月だ。一ヵ月で習得できなければ、そいつには適性がなかったという判断を下す」

ブルクが真剣な表情で言うので、全員が素直に頷いた。

「じゃあ、まずは何をするのか説明しよう。主神ゼヴォス様はどうして神降ろしを習得するのに、神の塔に行けと言ったのかわかるか？」

良一は首を捻った。

「確かに。なぜでしょう……？」

「それは神の塔が人間界で唯一、神降ろしを習得できる場所だからだ。そもそも神降ろしというのはどういう技だと思う？」

「神器《じんぎ》の召喚《しょうかん》と同じように、神の力を自分の身に宿して戦う技法、ですかね」

「近いが違う。そういえばこの中で邪神と戦ったことがある奴は……」

「「はい」」

良一、ココ、キャリーが手を挙げた。

「じゃあ邪神を見た奴は？」

「私は見ました」

ここでメアも挙手する。

その時マアロは倒れていたし、スロントは留守番だった。

ジークとリッカは、良一達が邪神との戦闘経験があるということを知らなかったので、驚いている様子だ。

「邪神と対峙してどうだった？　圧倒的な実力差を感じなかったか」

「勝てるとは微塵も思えませんでしたね。ただ邪神に遊ばれているだけ、といった印象でした」

「そうだ。神と人間の間にはどうしても越えられない壁がある」

そしてブルクは八人に直径十センチほどの球体を手渡していく。

「神降ろしとは、神と同等の力を生み出して戦う技法だ」

理解が及ばずに全員が疑問符を浮かべる。

「お前達は神になりたいと考えたことはあるか？」

この世界には神は実在するというのが種族の垣根《かきね》を越えた共通認識だ。そして神とは崇《あが》め奉《たてまつ》る存在であり、汚《けが》してはいけないという考えが強く刻み込まれている。そんな存在になろうだなんてとんでもない。良一は首を横に振る。

「まあ、それが普通だ。けれど、この技は全ての頂点にいる神という存在を、自身と同じ立場に降ろすという傲慢な考えから名づけられている」

「確かに傲慢ですね……」

「そして、数多いる神に見られる共通の特徴として、それぞれがなんらかの事象を司《つかさど》っている」

これは良一にも思い当たるものがある。

「主神ゼヴォスは魔素を司る、というようなことですね」

「そうだ。神々は司る事象や捧《ささ》げられる信仰者の力などを積み重ねて、自身のお力とされている」

ブルクによれば、良一達は魔法を使えば体内の魔力が減り、体術を使えば体力が減る。

減った力は時間とともに回復するが、上限は決まっている。上限は鍛錬などで増えるものの、どの生物にも種としての限界はある。

しかし一方で、神々が扱う力は減らないらしい。

例えば、神は魔法を使っても魔力は減らない。そのため、人間が神を相手にすると、最後は絶対に力負けしてしまう。

「本当はもっと複雑な理由があるんだが、大まかにはそんな感じだな。つまり神降ろしとは、自分の肉体を一時的に神々と同じような〝力を消費しない体〟へ変える技だ」

「本当にそんなことができるんですか？」

「それを今から習得しようとしているんだろう」

今さら自分達が習得しようとしている力がどんなものなのかを理解した良一達を見て、ブルクはにやりと笑う。

「この技術を習得するには資質が必要だと言ったな。神とは違って人間には限界がある。それを超えた力を体に取り込もうとするんだ。想像を絶するほどの苦しみを伴う」

段々とその言葉が良一達に重くのしかかってくる。

「今渡した玉は、実は世界石を加工した物だ。そしてこの玉には、手にしている者に力を注ぎこむという性質がある」

ブルクは先ほど皆が手渡されたのと同じ玉を掲げてみせる。

「つまり、神降ろしの習得に最適だと」

納得する良一にブルクも頷いた。

「その通りだ。ただ、この玉は神の塔から持ち出せない。そのため神降ろしを習得するためには、神の塔に来なければならないというわけだ」

ブルクの説明は続く。

「次に一ヵ月と言った理由だが、自分の体に無理やり玉の力を注ぎこむのには早ければ半月で慣れる。その後は玉を使わずに、自分一人で空気中の力を自分の体に注ぎ込めるようにする」

〝神降ろしについては以上だ〟と締めくくった後、ブルクは改めて聞いた。

「最終確認だ。一度でも自分に玉の力を注ぎ入れたら、資質がない場合、最悪体に障害が残る可能性がある。神の領域に片足を突っ込むんだ、リスクはあるさ」

しかし、その言葉を聞いてなお、諦めるメンバーは誰もいなかった。ブルクは満足そうな笑みを浮かべた。

「よし、それなら玉の封印《ふういん》を解《と》くぞ。最初は座ってやるんだ。気をしっかり持てよ」

ブルクが最初は皆のたうち回ると言うので、モア達からは見えないよう別の場所に移動した。全員が座ったのを見届けて、ブルクが手を叩いた。

その瞬間、各自が持っていた玉から力が注ぎ込まれ、数秒後には激痛が全身を襲った。

誰もが悲鳴を抑《おさ》えきれず、地面に倒れ込んで玉を手放してしまう。

それでも痛みは消えず、しばらく全身をむしばみ続けた。

時間の経過とともに痛みは引いたものの、汗で全身がぐっしょり濡れていた。

「まあ、見たところ資質が全くない奴はいないみたいだ。良かったな」

良一達はぐったりしながらも、ブルクの言葉を聞く。

「玉を放しても痛みが続いただろう。余分な力が体内に居場所を求めて、全身を無理やり巡り続けるからな」

たった数秒でここまでなのだ。

良一はこんな技を本当に身につけられるのかと不安になる。

「どうした？　早々に諦めるのか。とはいえ、決めるのはお前達だ。俺が強制することじゃあない」

ブルクの言葉に全員が発奮《はっぷん》した。体を起こして再び玉に手を伸ばす。

メアも涙を流し、歯を食いしばりながら、何度も何度も挑戦し続ける。

体の限界を超えて流れ込む力は、魔法や体術を使用しても消費されない。そもそも魔法や技を制限なく使い続けられるようになる技術なのだ。

その日の修業は全員が疲労困憊するまで続けられた。

「お疲れ様です」

みっちゃんが修業を終えたメンバーを労《ねぎら》った。彼女に全面的に世話を押しつける形になってしまうが、全員が立ち上がることもできない。

良一は行儀《ぎょうぎ》が悪いのは百も承知で、寝ながら彼女にモアの様子を聞く。

みっちゃんによると、修業中は湖と森の大精霊が交互にモアとセラ、シーアの様子を見てくれたそうだ。

その際に、モアにはセラとシーアの力で暴走しないように、精霊術の使い方をレクチャーしてくれるらしい。

遊びながらのレクチャーでモアも楽しそうに頑張っていると聞いて、良一は安心した。

「じゃあ、みっちゃん。悪いけど、これから一ヵ月間頼むね」

「かしこまりました。皆様が神降ろしを身につけられるよう、サポートさせていただきます」

◆◆◆

それから良一達の痛みと戦う日々が始まった。

効率を高めるために、全員で思ったことや感じたことを話し合いながら修業を行う。

「最初の数秒は力を全身に分散させて痛みを抑えられるけど、それもすぐに限界になるな」

良一が私見を述べると、ココとマアロも同意した。

「そうですね……自分の体の限界というものがはっきりわかるようになりました」

「努力の限界」

修業を始めてから一週間が経った頃、好き勝手に巡る玉の力を自分の意思で全身に分散させる、という技術をスロントが最初に発見した。

次に、力を溜めやすい場所をキャリーが導き出して、その認識を共有し、五日後にはメアも含む全員が十数秒は痛みもなく耐えられるようになった。

しかし、このやり方ではどうやっても十秒ほどしか耐えられない。

それからは各人が工夫を重ねるが、それでも数秒程しか変わらず、どんぐりの背比べ状態だ。

ブルクは良一達の修業の様子を確認するだけで、一切助言を与えてくれない。

「そもそもだけど、このやり方で合っているのかな」

「しかし、このやり方以外と言われても……」

「難しい」

ココとマアロが首を捻る。良一も他の方法なんて全く思い浮かばない。

そうこうしているとメアが限界を超えたようで、その場に倒れこんだ。

良一は急いで駆け寄り、彼女の手を握って余分な力を吸収する。

自然と発散させるしかなかった力を良一の体に移すことで、扱いきれない分の力を外に逃がすことができるのだ。

これは、痛みに苦しむメアを励ますために、良一が手を握り締めた時に偶然できた。

ブルクが言っていた、玉を使わずに力を集める方法——その技術のとっかかりを良一達は身につけていた。

「……ありがとうございます、良一兄さん」

「メアも少し休憩するといい」

「はい……みっちゃんのところに行ってきます」

メアは少しふらつきながらも立ち上がり、歩きはじめた。さすがにこの一週間はメアも辛そうだ。弱音を吐かずに良一達と頑張っているが、やはり子供の体にはきついだろう。

「メア、俺も一緒に行くよ」

彼女の姿を見て心配になった良一も一緒に休憩することにした。

歩きながらメアが〝また一秒くらい耐えられる時間が延びた〟と嬉しそうに報告する。

そのまま話しながら歩いていると、みっちゃんのもとに着いた。

今日は二人の大精霊のどちらでもなく、神白の妻のティリアがモア達についていたようだ。

「こんにちは、ティリアさん。今日はティリアさんが見てくださっているんですね」

「ええ、二人の大精霊達は用事があるそうで」

モア達の様子を微笑みながら見ているティリアは、絵になるほど綺麗だ。彼女はその表情のまま良一に尋ねた。

「修業は順調ですか？」

「ちょっと壁にぶつかってしまいまして……メアと一緒に休憩しようかと」

「そうなのですね」

ティリアは優しく返事をした。そのまま頬に手を当てて少し考えてから口を開く。

「息子の管轄《かんかつ》なので、あまり横から口を挟むのはよろしくないのでしょうけれど……たぶん、皆さんがぶつかっている壁の突破方法は、すでにご存じだと思いますよ」

「えっ……」

「これ以上は息子に怒られそうだから言えません」

そう言ってティリアは口の前に指でバツ印を作る。

しかしその視線は良一とメアではなく、遊んでいるモア、セラ、シーアに注がれていた。

これは彼女達が壁を突破する鍵になる、という意味ではないか。

良一は三人を見ながら頭の中でいろいろ考えた。

すでに良一達が壁の突破方法を知っており、かつ、モア達がヒント……人間と精霊に秘密があるということだろうか。

良一達も精霊と契約している。

精霊と一緒に戦う時は自分の魔力を精霊に注ぎ込み、精霊はその魔力を何倍にも増幅して精霊魔法として放つ。

そこまで考えたところで、良一はこの構図が神降ろしに似ていることに気がついた。

どうして今までこの発想が出てこなかったのかと思いながら、さらに思考を巡らせる。

彼は以前に契約精霊であるリリィとプラムに精霊魔法の原理を聞いたことがある。

二人が言うには、良一の魔力を自身の魔力に混ぜ合わせて数倍に増幅しているらしい。

自分の力に他の力を混ぜ合わせる――

今まで良一達は、自分の力の上に積み重ねるイメージでやっていたので、〝混ぜ合わせる〟という発想はなかった。そんなことができるのだろうかという疑念は拭えないが、やってみなければ始まらない。

「ありがとうございます。新しい考えが浮かびました」

「それは良かったです」

良一は自分で一度試してみてから皆に伝えようと決めた。

メアは疑問符を浮かべながらも、良一がやる気を取り戻したのを見て嬉しそうにする。彼女を励まそうと考えていた良一は苦笑いだ。

「メアはまだ休んでいていいんだぞ」

「いいえ、良一兄さんが考えたことを早く見てみたいので、大丈夫です！」

十分ほどで修業場所に戻ってきた良一達を見て、ココやマアロは驚きを露《あら》わにした。

良一はとりあえず自分の考えを実行するため、集中しはじめる。

ここでもう一度、頭の中を整理する。

力を溜めやすい場所は上から、脳、心臓、丹田《たんでん》、ふくらはぎの四か所だ。

今回は丹田に集中して、自身の力と玉からの力を混ぜ合わせようと試みる。

ココやマアロ以外にキャリーやジークも良一が何かをやるつもりだと気付いて近寄ってきた。

「よし」

良一は気合いを入れてから玉を掴む。

すぐに体の中に力が流れ込んでくるものの、まずはいつも通り、全身に分散させながら意識を丹田に向ける。そこで自分の力と混ぜる意識を強めた。

すると本当に少し、力と力が合わさる感触があった。

しかし流れ込む力に対してその量があまりに少なく、すぐに限界を迎えて良一の体に激痛が走る。

その様子を見て慌てたココとマアロが良一の体から余分な力を吸い出した。

乱れた息を整えると、周囲から何をしていたのかという視線を向けられる。

良一は改めて全員に先ほどの考えを述べた。

自身も精霊と契約しているキャリーやココ、マアロ達は、盲点《もうてん》だったと驚きながらも、確かにあり得る話だと納得する。

「それで、今試してみてどうだったのかしら？」

「もう少しでできそうな感覚はあったんですけど……初めてで、混ぜられた量が少なすぎました。これだとすぐに限界になります」

しかし、良一は神降ろし習得への糸口を掴んだ実感があるとも伝えた。そこで手詰まりだった全員が早速試しはじめる。良一ももう一度、先ほどの感覚を思い返しながら玉を掴んだ。

◆◆◆

良一のアイデアを採用した翌日の昼過ぎ——

彼はコツを掴みはじめていた。

まずは今までの経験を活かして、流入してくる力を体内で混ぜ合わせる。

入ってくる力のイメージを赤、自分の力を青と認識すると、最初は赤と青のマーブル模様になり、それが徐々に紫《むらさき》になってくる。

そこまでいくと、玉を持っていられる時間が格段に伸びた。

良一が苦痛に顔をゆがめることなく、一分以上玉を掴んでいる事実に周囲は驚愕する。

「凄いです、良一兄さん！　もうすぐ一分三十秒です」

メアの声援を聞いた瞬間、それは唐突に訪れた。

良一は、丹田付近で混ぜ合わせていた自分の力がこれ以上は溜めておけないと悟ったのだ。

そこで彼は自分から玉を手放した。

良一が自分の意思でそうしたことを皆が不思議に思っていると、ブルクが近づいてきた。

「ようやく自分の限界を理解したか」

ブルクに声をかけられても、一瞬でも意識を抜くと体の中の猛烈な力が暴走してしまいそうな良一は返事もできない。

「そのまま集中しながら聞け。お前達が神降ろしを使うのは戦闘時だろう。今の状態で戦えるのか？」

確かに今のところそんな余裕《よゆう》は全く生まれそうにない。

しばらくしてようやく良一の体内を暴れまわっていた力が自然放出された。

「一週間少しか……お袋の助言があったにしても、早い方だろう。これで神降ろしは習得できたはずだ。まだ戦闘には使えないがな」

ティリアにヒントを貰ったことはばれていたようだが、どうやら褒めてくれているみたいだ。

ブルクはそれだけ言うと、またもとの位置へ戻っていった。

「凄いですよ、良一さん！」

「さすが」

ココとマアロが感嘆の声を上げる。

「ああ、後はどれだけ習熟を図れるかだな」

その後、キャリーやココ、マアロにメアまでもが体内で力を混ぜ合わせられるようになった。

しかし、スロントとジーク、そしてリッカはその限界量が少なかった。

しかしこれは三人の努力不足というわけではなく、単純な資質の問題らしい。

とはいえ、限界量が少ないだけで神降ろしそのものは身につけたのだ。

三人もすぐに気持ちを切り替えて、戦闘で使えるよう修業を重ねることになった。

一方の良一達は、丹田以外に体の複数箇所で同時に力を混ぜ合わせられるようになる修業に重点を置く。

そのうちに、それが二つ三つと徐々に増えていき、修業を始めた日から半月が経った時点で全身の至るところで力を混ぜられるようになった。

「優秀だな。まさか全員が神降ろしを習得できるとは……」

ブルクの感心した声に良一は苦笑いを返す。

「戦闘ではまだ使えそうにないですけどね」

「まあ、そうだな。しかし石川良一、お前が限界まで神降ろしを行えば、俺と同じくらいの力を発揮できるはずだ」

「本当ですか？」

「ああ。でも繰り返しになるが、力があっても使えなければ意味がない」

良一達も難しい顔で頷く。

全身で力を混ぜられるようになった彼らは、スロント達と同じように戦闘中でも神降ろしを使えるようになるための訓練に入ったのだが……すぐにまたつまずいた。

今までは玉が強制的に力を注ぎ込んできたのだが、それを自分で空気中から吸収しようとすると、上手く体内で混ぜ合わせられない。

さらにこの力は魔力にも変換《へんかん》できるけれど、そこに意識を向けると全てが中途半端になり、戦闘どころではなくなってしまう。

しかし、それも修業を重ねるごとに徐々に折り合いをつけられるようになってきた。

そしてブルクに定められた一ヵ月の修業期間の最終日。一行は全員で限界まで神降ろしを使用して、それまでの成果を確認した。

一番力を蓄《たくわ》えられるのは良一で、二番目はなんとメアだった。

チート持ちの良一とは違い、普通の村娘で、かつ最年少の彼女が一番の適性を示したのである。

「まあ及第点《きゅうだいてん》だろう。神降ろしは鍛えればどこまでも高められる。今は限界がすぐに来る奴も、修業を続ければ少しずつ伸びていくはずだ」

ブルクも全員が神降ろしを習得したと認めた。

その後一行は場所を移し、神降ろしを発動した状態で模擬戦を行うことになった。

良一の相手はキャリーだ。

今の二人ならば、天を割り地面を裂《さ》く体術や、四方八方を覆いつくすような上級魔法など、おとぎ話みたいなこともできる。

ブルクがこの模擬戦のために張った結界の中で、それぞれが相対する。

「行きますよ、キャリーさん」

「良一君も気を抜かないでね」

神降ろしを身につけたといっても、完璧な制御には程遠く、お互いに手加減は期待できない。

ブルクが開始の合図を告げて、模擬戦が始まった。

すでに神降ろし状態の二人は、同時に拳を繰り出す。ただのパンチの衝撃が、空中でぶつかって激しい音とともに霧散する。

肉体の限界すらも超えた能力を持つ二人の動きは残像《ざんぞう》が発生するほど速いが、その尋常ではないスピードにも体はしっかりと反応し、相手の攻撃を逸らして受け止める。

格闘戦は、良一の圧倒的な力によるごり押しをキャリーが巧《たく》みに捌く形で膠着《こうちゃく》した。そこでブルクが魔法戦に移行するよう指示した。

互いの拳と拳が真正面から打ち合わされたタイミングで、二人は大きく距離を取る。

あれだけの格闘戦を行っても体内の力は一切減らず、それどころか、体についた傷も高められた自己治癒力《じこちゆりょく》で《神級再生体》を使わずとも勝手に治っていく。

離れた位置から再び対面した二人は、最も初歩的な魔法を大量に展開した。

今までの力量でも数百発の同時使用はできたが、今では数万発まで増えて、文字通り桁《けた》が違う。

また一発一発に込められている魔力の密度も以前よりも格段に濃《こ》い。

良一とキャリーはそれほどの魔法を瞬《また》く間に発動し、相手に放つ。

相手の魔法と相殺《そうさい》するように動かしたり、相手の裏を取るよう調整したりと細かく制御しながら、二人は魔法戦を繰り広げる。

結界がピシピシと音を立てて軋《きし》むが、魔法戦の規模はどんどん広がっていった。

飛び交う魔法属性が増え、模擬戦闘場のあちこちで小爆発が起こり、まさに小さな戦争がこの場で起きているようだ。

一対一のはずなのに戦争という言葉が出るほどに、二人の戦闘は常識とはかけ離れていた。

初級魔法から中級魔法、そして上級魔法へと、発動する魔法の難易度も上がっていき、最後は互いに渾身《こんしん》の最上級魔法を放つ。

その威力《いりょく》はどちらも神に届きうる程高められていたが、良一の魔法がわずかに勝った。

だが、相殺されて威力が落ちた魔法はキャリーの防御魔法でさらに弱められ、最後は剣で弾かれた。

「そこまでだ」

ブルクが模擬戦の終了を宣言する。

模擬戦場は結界で守られていたはずなのに、大きくひび割れて焦《こ》げついていた。

神の塔自体が頑丈《がんじょう》な造りなのに、良一達は神代の建物すら傷つけられるようになっていたのだ。

二人の戦闘を見て、他のメンバーも自身が習得した技の威力を再認識した。

ブルクが模擬戦を終えた二人に声をかける。

「二人とも模擬戦を行ってみてどうだった？」

「自分でも恐いくらいです。この技術を悪用しないと心に誓《ちか》います」

「そうね、力に溺《おぼ》れないように気をつけるわ」

「その言葉が出てくるならば大丈夫だろう。大きな力には責任が生じる。使い道を誤れば、親父をはじめとした神界がお前達を裁《さば》く」

「肝《きも》に銘《めい》じます」

それからココやマアロ達も模擬戦を行い、己の限界を全員が確認した。

それぞれの戦闘スタイルは変わらず、自分の得意とする力を伸ばすように発揮されていた。

最後に全員でブルクに礼を言う。

「一ヵ月間、本当にありがとうございました」

彼は気にしていないふうを装っていたが、少し頬が赤くなっていた。照れているその横顔には母親のティリアの面影《おもかげ》があり、やはり彼女の息子なのだと思える。

「それじゃあ、そろそろ村に帰ろうか」

「良一兄ちゃんも皆も、修業は終わったの？」

無邪気《むじゃき》に尋ねるモアに良一は笑って応える。

「ああ、これでモアを守れる力が身についたよ」

セラとシーアも良一を見て頷いている。

「まあ、確かに今のあなた達ならモアをしっかりと守ってくれそうね」

「そうなのです。これで私達も少しだけ安心なのです」

「ああ、今度は二人に無理をさせなくて済みそうだよ」

良一がそう言うと二人は嬉しそうな笑みを浮かべた。

最後に一行は一ヵ月滞在した神の塔を歩いてみることにした。

到着してすぐに修業を始めたのであまり見て回れなかったが、改めてここが伝説の塔なのだと思うと感慨深いものがある。するといつの間にかブルクが良一のそばにいた。

「今日、帰るんだろう？　準備しなくていいのか」

「はい、自分の準備は終わったので、最後くらい神の塔を歩いてみようかと」

「そうか」

そこで会話が途切れそうになり、良一は慌てて言葉を継いだ。

「そういえば、どうして神の塔は災害ダンジョンの上に存在して、断絶の壁に囲まれているんですか？」

「ん、それはだな、この神の塔が災害ダンジョンの蓋の役割を果たしているからだよ」

「蓋、ですか……やっぱりモンスターが出てこないように、ということでしょうか」

「そうだな、お前達が災害ダンジョンと呼んでいるように、あそこの階層主が世に出れば世界に大きな影響を与える。あいつらは世界石の影響で小さな部屋に抑え込まれているから、お前達でも倒せるほどに弱体化している。だが、ひとたび外に出てしまえば、神降ろしを使ったお前達のように圧倒的な量の力を取り込んでいく」

ブルクはそのまま話を続ける。

「そしてもう一つ、断絶の壁に囲まれているのは、世界石の力を外に漏らさないためだ」

これには良一も深く納得した。

「確かに、色んな世界に勝手に繋がったら、ひどい騒動になりますもんね」

「理解したか」

「はい」

そこで会話が終わってしまい、気まずい空気が流れる。

良一が挨拶をして別れようかと考えていると、ブルクが口を開いた。

「全員を呼んで来い。最後に世界石を見せてやる。修業を頑張った褒美《ほうび》だ」

「……良いんですか？」

「ここの守り人は俺だ。俺が良いと言ったら良いんだよ」

ブルクがそう言うので、良一はメンバーを呼びに行く。

神の塔にあるという世界石を見られると聞き、皆すぐに集まった。

今まで滞在していた階層からは他の階に行けないように制限がかけられている。

しかしブルクが手を叩くと、足元に発光する魔法陣が出現し、良一達は転移した。

転移先は先ほどまでいた場所と同じ造りのホールだった。大きく違うのは、ホールの中央に七色に輝く大きなクリスタルが鎮座《ちんざ》していることだ。

大きなクリスタルの周囲には、小さなクリスタルが浮遊しながら衛星《えいせい》のように回っている。

その光景に全員が目を奪われる。

少し待てとブルクが言うと、クリスタルを囲むように透明《とうめい》な断絶の壁が張られた。

「これで、近づいても世界石の影響は受けないだろう」

ブルクから許可をもらい、一行は世界石の側《そば》に近づく。

神白から受け継いだ世界石と同じように七色に光り輝くそれらは、よく見るとその一つ一つに町や山の風景を映していた。

——世界石には世界と世界を繋ぐ力がある。

世界石を通して見える風景は、どこか別の世界のものなのだろう。

良一が何気なく眺めていると、見覚えのある風景があった。

それはどこにでもある田舎《いなか》の街並みなのだが、この世界スターリアではない。

アスファルトの道路の上を車が行き交い、親子が手を繋いで歩いている。

そこは良一の故郷、地球だった。

「良一兄ちゃん、どうして泣いてるの?」

モアが心配そうに彼の服の裾を引っ張る。良一が自分の目元に手を当てると、知らぬ間に涙が出ていた。

「……いや、懐かしさで自然にな……モア、見てごらん。これが俺が前にいた世界だ」

「本当に?　モアも見たい!」

モア以外の皆も良一の故郷である地球を一目見たいと集まってきた。

良一は地球の風景を見た皆に、そこに映る車や電柱、着ている服などについて質問攻めにされた。

一騒ぎあった後、メアが良一に尋ねる。

「良一兄さんは故郷に帰りたいですか？」

「うーん、確かに懐かしいけど……やっぱり今の俺が帰る場所はイーアス村だよ」

「私もです。イーアス村が私達のお家《うち》です！」

メアは嬉しそうに微笑む。

無数にある世界から故郷の町が映るなんて偶然はありえない。ブルクが手を回してくれたのだろう。神の塔に来て、神降ろしの他にも皆との思い出ができた。

一行は存分に世界石を堪能《たんのう》し、元の階に戻る。

「じゃあ達者《たっしゃ》でな」

戻ってきてすぐ、ブルクは良一達に背中を向けた。

一ヵ月という今思えば短い期間ではあったものの、ようやく彼の性格がわかりつつあった良一はその背中に声をかけた。

「また遊びに来ていいですか？」

「……今度はダンジョンの百階層まで行って鍵を手に入れてこい。いい修業になるだろう」

来るなとは言わないブルクのツンデレな性格に、全員が笑い合った。

そして、いよいよイーアス村へ帰る時が来た。

「じゃあ……セラ、シーア、精霊界に繋ぐから、イーアス村に戻ったらまた呼ぶよ」

「待ってるわね」

「じゃあモア、バイバイなのです」

一時は力を失っていたセラとシーアも元気を取り戻してきたようだが、無理は禁物《きんもつ》だ。一旦二人を精霊界に帰すために良一は世界石を使う。

レクチャー通りにイメージすると、空間に切れ込みが入り、精霊界に繋がった。

セラとシーアが精霊界へ帰っていくのを見届けて、空間をもとに戻した。

これで旅の目的は達せられた。あとは故郷に帰るだけである。

「じゃあ俺達もイーアス村に帰ろう」

――しかしその瞬間、ピシッという何かがひび割れたような音が聞こえた。

「どうしていきなり……!?　注意しろ！」

去ったはずのブルクが声を上げて走り寄ってくる。

良一も慌てて後ろを振り返ると、閉じたはずの空間が再び開いていた。

しかし繋がっていたのは精霊界とは違い、暗く嫌な感情を想起《そうき》させる空間だ。

「モア！」

「良一兄ちゃん！」

いつの間にかモアの体には骸骨《がいこつ》がまとわりついており、勝手に繋がった空間に引きずり込もうとしていた。良一はすぐ目の前で懸命《けんめい》に伸ばされたモアの手を掴んだ。

しっかりと手を握って骸骨を振り払おうとすると、モアの体から人魂《ひとだま》のようなものがずるりと抜ける。その瞬間にモアの体から力が抜けて、骸骨も彼女の体を手放した。

「モア！」

「霊魂《れいこん》を奪われた！　空間が閉じると連れ戻すのに時間がかかるぞ」

ブルクの言葉を聞いて、良一はすぐに空間に飛び込んだ。

気持ちの悪い感触が身を包むが、なんとか堪えてモアの霊魂を掴んだ骸骨から目を離さないようにする。

しかし思うように体が動かず、目的の骸骨の姿は見えなくなってしまった。

段々と呼吸も苦しくなり、良一はその場に膝をつく。ついには頭も働かなくなってきた。

四章　邪神、再び

「気合いを入れろ！」

その時、良一の肩を何者かが掴んだ。すると、一気に呼吸が楽になった。

良一は慌てて大きく息を吸う。

「最悪な世界だな……」

そう呟いたのはブルクだった。彼が魔法をかけてくれたみたいだ。

「最悪な世界……？」

「〝死後の世界〟だよ」

「死後の世界……あっ、モアはどこですか!?」

「良一君、まずは落ち着いて」

その声はブルクの後ろから聞こえた。そちらを見ると、キャリーやメア、ココなどメンバー全員が揃っていた。

辺りを見渡せば、ブルクが言った〝死後の世界〟というのを無意識に実感する。

ここは良一達がいていい世界ではないと、様々な感覚が警報《けいほう》を鳴らす。

マアロがすぐに結界を張り、ようやく嫌悪感《けんおかん》が和らいだ。

「どうしてこんなことに……」

「神の塔自体はどの神の管轄と決まっているわけじゃあない。全ての神が平等に管理しているんだ。そしてこんなことを企む奴なんて一人しかいない」

「邪神」

良一とブルクの声が重なる。

「でも邪神は主神ゼヴォス達に罰《ばつ》を与えられて身動きできないはずでは……」

「邪神が直接手を下したわけではないだろう。しかし奴の手下ならば考えられる」

「邪神の手下？」

「主神達のように邪神にも奴を慕う下級神がいるのさ。しかしそいつらも過去に犯した罪で封印されているはずなんだが……」

「されているはずなんだが、何なんですか」

焦る良一の語気が強くなる。それでもブルクは冷静に応えた。

「その手下の一人に死後の世界で強制労働させられている奴がいる」

「強制労働……でも解放されているわけではないなら、どうして……」

「俺にもわからない。そんなことより、早く妹を見つけ出してやらないと」

「見つけないとどうなるんですか」

「霊魂が死後の世界の空気に汚されてしまうと現世《げんせ》に戻れなくなってしまう」

「そんな……」

「落ち着け、死後の世界なんだ。お前の妹はこの世界の人間ではない。すぐに居場所は探知できるはずだ」

ブルクに諭された良一が全力で探知魔法を繰り出すと、この世界の物質は独特で、モアとは似ても似つかないのがわかった。すぐに彼女の霊魂の場所が判明する。

「霊魂が汚染《おせん》されたら、この世界の物質と同質化してしまう。急ぐぞ」

良一達はブルクについて死後の世界を進みはじめる。

すると周囲でこの世界の住人らしき異形《いぎょう》が蠢《うごめ》いた。

「そいつらに長く触れすぎると浸食《しんしょく》される。奴らも元は現世の人間だったんだ。無意識にお前達の生者としての力を奪おうと近寄ってくる」

死後の世界の住人も姿は様々で、生前の状態に近い者もいれば骸骨みたいにかけ離れた者もいる。

元人間とは思えない姿のそれらを一刀《いっとう》のもとに斬り伏せて、モアのところまで急ぐ。

一行がダンジョンに潜った時の隊列で先へ進んでいくと、城のような建物が見えてきた。

「いかにもな雰囲気だな……モアの反応はあそこか」

「気をつけろ。普通なら死後の世界にまともな建造物を作れる知性がある生物はいない。つまり、かなり危険ということだ」

良一はブルクの忠告を胸に、城へ足を踏み入れた。

城門を潜るとすぐに広大な広場になっている。全員が入った途端、城門が勝手に閉まりはじめた。

罠《わな》だということは重々承知なので、皆は周囲への警戒を密《みつ》にする。

すると、どこからか暗い雰囲気をまとった声が響いてきた。

「ようこそ我が城へ。今宵《こよい》は多くの客人を迎え入れることができて嬉しく思う」

声のした方向を見ると、一人の男が城から突き出た円柱状の突起にぶら下がっていた。

頭を地面に向けて、靴《くつ》が円柱にくっついている。それを見てブルクが声を上げた。

「どういうつもりだ、ダセム」

「おや、半神ブルクではないか。君まで招待したつもりはないのだが……」

「亜神でも現世の人間に手を出すのは禁じられているぞ。三主神が黙ってはいない」

「全く……相変わらず話を聞かないな。これだから君達親子は嫌いなんだ」

ブルクがダセムと呼んだ男の足が円柱から離れて落下する。しかし地面に衝突する直前で、背中にある大きな蝙蝠《こうもり》のような羽を広げ、浮遊した。

「まあ、来てしまったものは仕方がない。心が広い吾輩《わがはい》は予定外の君ももてなそう」

それからダセムは視線を良一に向ける。

「初めまして。吾輩は君にとって亜神の先輩になるダセムという」

「落ち着いて挨拶を交わしている時間はない。モアを返してもらおうか」

「新人君は先輩に対する礼儀も知らないらしいね。それに今の君はただの人間、亜神という格上の存在に対する礼儀としてもなっていない」

呆れたように息を吐くダセムの口元は、いやらしくにやついている。

顔の作りは整っているが、自分とは相容《あいい》れない存在であると良一は拒否感を覚える。

「さて、今日は君が亜神になる契約を交わしたと聞いてね。しかもその人物は主神ゼヴォスのお気に入りで、邪神様とも遊ばれたことがあるときた。これは是非会ってみたいと思ったのだよ」

「招待状でも貰えれば行ったかもしれないけどな」

「いやいや、そんな迂遠《うえん》なやり方は吾輩の性分《しょうぶん》に合わないのでね。こういう形で招かせてもらったわけだ」

「ふざけるな！」

声を荒《あら》らげる良一に、ダセムはいやな笑いをひっこめた。

「また怒鳴《どな》るとは、いくら温厚《おんこう》な吾輩でも我慢の限界があるぞ」

そう言うと、ダセムは亜神の力を見せる。

良一達は確かに普通の人間とは隔絶《かくぜつ》された、剣聖達すらも上回る力の片鱗《へんりん》を感じ取った。

全員が武器を手に、ダセムを睨《にら》みつける。

「ようやくうるさい口を閉じたね。吾輩は君達を招待するにあたってサプライズゲストを呼んだのだ。喜んでもらえると嬉しいよ」

ダセムが指を鳴らすと、地面から五つの棺桶《かんおけ》がせり上がってくる。

その意匠はバラバラで、統一性は全くない。

突如現れた棺桶の蓋が開かれ、中から五人の人物が出てきた。

「あれは……!?」

その人物達に、全員が驚きの表情を浮かべた。良一も五人のうちの二人には見覚えがある。

一人はかつて良一が亡者の丘で戦った旧ドラド王国国王にして、地球からの転移者でもあるドラド。もう一人は良一達が捕縛《ほばく》した海賊《かいぞく》バルボロッサだ。

あとの三人は彼にはわからなかったが、他のメンバーは違うらしい。

「皆は見覚えのある人物がいるのか？」

五人から目を離さないようにしながら良一達は情報を共有する。

「はい」

最初に返事をしたのはココだった。彼女が知っているのは、黒髪で獣人の老人だそうだ。

「あの人は八年前に亡くなった私の祖父です……」

「確かに。某の記憶よりも若いが、先々代の狗蓮流の総師範殿でござる」

ココとスロントの記憶が一致するなら間違いはないだろう。

言われてみれば、ココの面影が感じられる。筋骨隆々《きんこつりゅうりゅう》ではなく柳《やなぎ》のように引き締まった体つきで、歴戦の猛者といった印象だ。

「私も知った顔があります。あの方は第四次神秘調査隊で各国の隊員をまとめ上げたスパール隊長です」

次にジークが赤い髪をした筋骨隆々の男性を指さして言った。

それを聞き、良一は報告書の中にあった名前に思い当たった。

第四次調査隊には多くの国から腕利《うでき》きの軍人が参加していたのだが、その中で最も高い武力を誇り、〝百戦の英雄〟と呼ばれていた人物だ。

残る一人も体は筋肉質でがっちりしていたものの、他の四人と違って歴戦の戦士という雰囲気はない。ただ……髪が水色だった。その人物を見てメアが声を上げた。

「お父さん！」

最悪の予想が当たってしまった。

良一も何度か墓前《ぼぜん》に手を合わせたことがある、メアとモアの実父その人だ。

同じ髪色から嫌な予感はしていた。メアは唇《くちびる》を震わせて、亡き父から視線を外せない様子。

そして最後に城の屋根にドスンと音を立てて、巨大なドラゴンが降り立った。

黒い体のあちこちが爛《ただ》れ落《お》ちてはいるが、見間違えようがない。

以前イーアス村を襲ったドラゴンだ。

「気に入っていただけたかな？　君達のことを調べて由縁《ゆえん》のある者達を呼んでみたのだけれど」

良一達全員がショックを受けているのが嬉しいのか、ダセムが声を弾ませた。

ブルクは苦々しげに呟く。

「死体漁《したいあさ》りに、死者の改造か……本当に見下げ果てた奴だ」

「半神は黙っていたまえ。しかし、主賓《しゅひん》達にはどうやら気に入っていただけたようだ。さあ、サプライズゲストの登場の後は楽しいレクリエーションを企画している」

ダセムが手を叩くと、今まで心がないと思われていた死者の目に意志が宿る。

棺桶から出てきた五人は下を向いていた顔を上げて良一達を見据えた。

「またこうして貴様と相《あい》まみえるとはな」

言葉を発したのはドラド王だった。

「ここは死後の世界か……そしてそこにいるのは亜神となったレジェンドヴァンパイアのダセム卿だな」

他の人物も周囲や自分の体を確認している。

「こうして再び同郷の者と相対することができるとは、ダセム卿《きょう》には感謝する」

「構わんよ、ドラド王。邪神様から貴君の話を聞いていたのだ。できれば互いに現世にいる間に話したかったよ」

ドラド王は状況を理解したみたいだ。その他の人物も馴染みの者と言葉を交わす。

「……ココか。それにそっちはうちの道場に通っていたスロントか。覚えておるぞ」

「お爺様《じいさま》、そうです、ココです！」

「総師範、なんとお労《いたわ》しいお姿で……」

ココは悲鳴に近い声を上げ、スロントもいつものような歯切れの良さが鳴《な》りを潜《ひそ》めている。

それに対してジークは落ち着いていてスパールと話していた。

「お前は全ての調査隊に参加していたジークだな。ここはどこだ？」

「スパール隊長、お久しぶりでございます。ただ、このような形でお会いしたくはございませんでした」

キャリーはバルボロッサとバチバチしたやり取りをする。

「お前には見覚えがあるな。俺を牢《ろう》にぶち込んだ冒険者だな」

「まさか再び会うことになるとはね。もう一度退治してあげるわ」

そして最悪の再会はメアと父親だろう。メアとモアの父は全く状況が分からないようだ。

「メア……？　ここはどこだ。俺は落盤事故《らくばんじこ》に遭《あ》ったはずじゃあ……助かったのか？」

「お父さん、いや、いやっ……」

「落ち着いて、メア」

取り乱したメアをマアロが必死に抑えようとする。

「嬉しい再会に場も温まってきたところで……殺し合いをしようか」

笑いを堪えきれない様子でそう言ったダセムに、良一が吐き捨てる。

「まさにクズだな……」

「誉《ほ》め言葉《ことば》として受け取っても良いのかな」

「ふざけるな！」

「さあ、楽しいレクリエーションの始まりだ」

良一を無視してダセムはそう宣言した。しかし、戦闘に乗り気なのはドラド王とバルボロッサだけで、後の三人はそうではないようだ。

「おや、サプライズゲストの中には客人を楽しませる気持ちがない者がいるみたいだな。これは主《しゅ》催者《さいしゃ》である吾輩の失態《しったい》だ。心を入れ替えさせてやろう」

その瞬間、五人の体が異形へ変異しはじめる。体の変異は十秒ほどで収まり、戦闘意欲のなかった者は心を失《な》くし、五人全員が怪物に変わってしまった。

ココやメアが悲鳴を上げるが、その声はもう届かない。

「心も入れ替え、正装へと着替えさせた。さて、レクリエーションの始まりだ！」

ダセムの合図に、城から一行を見下ろしていたドラゴンが咆哮《ほうこう》した。

「グォオオォー」

低く轟《とどろ》く声を上げながらドラゴンが広場へ降り立つ。各自が対峙する相手は自然と決まる。

良一がドラド王、キャリーはバルボロッサ、ココとスロントはココの祖父、ジークはスパール、メアとマアロはメアとモアの父親、みっちゃんとリッカはドラゴンだ。

ダセムの相手にはブルクが行く。

「どうだ、あれから少しは成長したのか」

良一が対峙するドラド王は姿形が変わったものの、まだドラド王としての自我《じが》はあるようだ。

「俺と戦った時は、騎士団の亡者にやられて立つこともできなかった同郷者。今考えると、俺達は初めて剣を交えるんだな」

以前ドラド王と戦った時、良一は危ないところを神白に助けてもらったという経緯がある。そのことを言っているのだろう。

「大人しく死者として眠っていてほしいんだが」

「つれないことを言うな。せっかく邪神と契約していた時よりも強くなったみたいなんだからよ」

「言葉を交わす時間ももったいない。すぐに終わらせる」

「そんなことができるのか？　あの時のようにまた主神のお使いの助けを待たなくていいのかよ」

ドラド王の挑発にも動じず、良一は落ち着いて神降ろしを発動した。

彼の力が高まるのを感じたのか、ドラド王が無言で大剣を召喚して斬撃《ざんげき》を放つ。

しかし、全身の能力が限界を超えて上昇した良一には、ドラド王の全力の一撃もスローモーションに見える。良一は余裕で攻撃を避けて、地面にめり込んだ大剣の真ん中あたりに蹴りを放った。

鈍い音を立てた大剣が真ん中から折れ飛ぶ。

ドラド王が絶句しているところへ、良一は手に持つ斧《おの》に全ての力を乗せて振るう。

彼の体は何の抵抗もなく、上半身と下半身に分かたれた。

「戦闘力がインフレを起こしてい……」

最後まで言いきれずに、ドラド王は良一に細切《こまぎ》れにされてしまう。

良一はとどめとばかりに純粋な力の塊《かたまり》をぶつけて、再生する暇を与えずにドラド王を消滅《しょうめつ》させた。

他の皆の戦闘でも、キャリーはバルボロッサをあっさり倒し、ジークもスパール隊長と一進一退の攻防を繰り広げていたものの、次第に流れを掴み、勝利した。

ココの祖父は右手と左手が刀のような形に変貌《へんぼう》していて、ココとスロント相手に互角に斬り合っていた。しかし、途中でココとの一対一の勝負に移行した。

ココの神降ろしは力の高まり具合が遅いものの、彼女としては一気に自身の能力が高まってしまうと、普段との感覚の違いで剣筋が鈍《にぶ》るそうなので、これで良いのだと話していた。

徐々にココの剣を振るうスピードは速くなり、やがて彼女の祖父の体を無数に切り分けた。

「安らかに眠ってください、お爺様」

ココの言葉が聞こえたのか、彼女の祖父は安らかな表情で塵《ちり》となって消えていった。

また、ドラゴンと相対していたリッカとみっちゃんも凄かった。

みっちゃんがドラゴンの体にライフルで連射を叩き込んで動きを制し、リッカが神降ろしで上げた身体能力で一刀のもとにドラゴンの首を斬り飛ばしたのだ。

以前良一達があれほどまでに手こずった相手を秒殺《びょうさつ》した。

しかしメアとモアの父親については話が違った。心を失っているとはいえ、手にかけるのをメアが躊躇《ためら》ったので、マアロが強化した結界術で抑え込んでいる状態だ。

メアとモアの父親はうめき声を上げるだけで、身動き一つできない。

だがこれで、ダセムが用意した相手は全員が退場した。

彼もこの結果は想像していなかったようで、唖然としていた。

「何なのだ、あの力は……？」

「自分の力が最強だと自惚《うぬぼ》れていたヴァンパイア上がりの亜神にはわからないだろう」

ダセムと対峙するブルクが笑う。彼らの実力はほぼ同等のようで、良一達が全力で介入すれば、勝敗はすぐに決《けっ》するだろう。

「まあ、話し合おうじゃないか。なあ、ブルク？」

「残念だが、その余地はない」

一瞬の隙を突いて、ブルクがダセムの体を袈裟《けさ》切りにする。

ダセムはグッと短い悲鳴を上げたかと思うと、その体が無数の小さな蝙蝠に変わった。

蝙蝠達は東西南北全ての方向に一斉に散らばろうとする。

「半神にまでいいように扱われるとは屈辱《くつじょく》だよ」

「逃げるのか？」

「どうやらパーティーもお開きの時間のようだ。また会える日を楽しみにしているよ」

あの中のどれか一体がダセムの本体のようだが、区別がつかない。

けれど、高笑いを上げて逃げようとした蝙蝠達は不可視の壁にぶつかって跳ね返った。

「なんだ、これは……」

「モアの霊魂を奪った罪は重い」

マアロの全力の結界は亜神すらも閉じ込めるようだ。ダセムがそれを破ろうと攻撃をぶつけるが、びくともしない。

「くっ……聞いていた話と違うではないか！」

逃げられないと悟ったのか、ダセムの言葉に焦りがにじむ。

「まずは石川良一の妹の霊魂を返してもらう」

ブルクの言葉と同時にマアロが結界を狭《せば》め、小さな蝙蝠達が中心へ追いやられていく。

良一達が圧倒的に有利な状況だ。

しかし、良一がモアの霊魂を返すようにダセムに迫ろうとしたその時だった。

「ダメだなぁ、ダセム君」

先程までその場にいた、誰のものでもない声が響き渡った。

声だけで全身に鳥肌《とりはだ》が立ち、悪寒《おかん》に襲われる。

良一は神降ろしをしている状態でもその姿を探知できなかった。

だが、こんな恐ろしい声を持つ人物を彼は一人しか知らない。

「俺という主賓がまだ来てもいないのにパーティーを締めようとするなんて、主催者としては三流もいいところだよ」

そして声の主はついにその姿を現す。

「主役は最後の最後に現れるってね。いやぁ久しぶりだね。元気だったかい、石川良一」

「二度と会いたくはなかったよ」

現れた邪神は帝国で戦った時と同じ黒のスキニーパンツだったが、上半身にはマントのようなものを羽織《はお》っていた。

そして、首、両手首、両足首に前回はなかった金属の枷《かせ》がはめられている。

その枷からは数個の鎖《くさり》が垂《た》れ下《さ》がっており、無理やり引きちぎったように見えた。

「一方通行な好意なんて悲しくなるな。でも聞いたよ、君も亜神の仲間入りをすると決めたって」

「主神ゼヴォスがしばらくは出てこられないように罰を与えたはずだ」

「ああ確かに……三主神の爺《じじい》どもにはたくさん虐《いじ》められて、思い返しても涙が出てくるよ」

邪神がエーンエーンとわざとらしく泣き真似をする。だがすぐに顔を上げ、にやりと笑った。

「けれど俺は邪神だぜ？　三主神の目を欺《あざむ》く方法なんていくつも持っているんだよ」

驚きと緊張の入り混じる良一達の顔を一通り眺めた後、邪神は続けた。

「ではでは、本日の主役のスピーチでも披露させてもらおうかな」

虚空《こくう》から突然現れたマイクを掴んだ邪神は、わざとらしい態度を崩さない。

「ええ、本日はお日柄《ひがら》も良く、死後の世界らしくじめじめどんよりとした空模様《そらもよう》に、死者達の怨嗟《えんさ》

渦巻《うずま》く空気の中、絶好の祝いの場に参加することができ、嬉しく思います」

邪神の魔法によるものか、良一達の口はぴったりと塞がり、声を出せない。

「新たな亜神になる石川良一と交わした〝また遊ぼうぜ〟という約束を守るために、今日は三主神の目を欺いて駆けつけました。楽しい一日になるよう一緒に盛り上がろう」

邪神のふざけたスピーチが終わり、良一達はまた話せるようになる。

「俺の感動的なスピーチを静かに聞いてくれて何よりだ」

そこで邪神は〝手土産《てみやげ》もあるんだ〟と空間を切り裂いて手を突っ込む。

引き出された手にはモアの霊魂が抱かれていた。

「「「モア！」」」

「一人だけ仲間外れは悲しいだろう」

良一は全力で邪神に突っ込んでいく。

しかし邪神は良一の額に指一本当てるだけで、彼の突撃を止めてしまった。

「落ち着けよ、石川良一。可愛《かわい》らしい妹ちゃんの魂に傷がつくぜ」

その言葉と同時に良一は額を指で弾かれて、地面へ叩き込まれた。そして邪神はモアの霊魂を投げ捨てる。全員がモアを守ろうと駆け出し、最終的にココが優しく受け止めた。

彼女はそれを連れてきていたモアの体にそっと近づける。霊魂はゆっくりと体に戻っていき、完全に見えなくなったところでモアの体がビクッと動いた。

ココが思わず彼女を抱きしめ、その衝撃でモアが目を覚ます。

「あれ、ここどこ……？」

「大丈夫だよ、モアちゃん」

「ココ姉ちゃん……」

「本当に良かった……！」

意識の戻ったモアの無事を確認して、ココがさらに強くモアを抱きしめる。

これには全員が安堵《あんど》する。しかし、邪神の声で再び場に緊張が走った。

「いやあ全員が無事で何よりだ。さて、揃ったならレクリエーションの再開といこうか。ダセム君、そろそろ準備は良いのかな？」

「充分です」

良一達の記憶からすっかり消え去っていたダセムが返事をする。

次の瞬間にマアロが張った結界をダセムが破った。

「お手数をおかけしました」

「いいよいいよ。君はまだ亜神だろう。仕方がないよ」

頭を下げるダセムの肩に邪神が手を乗せた。しかし次の瞬間、その手はダセムの半身を大きく抉《えぐ》った。その光景に一行は驚くが、ダセムは痛みに苦しむこともなく、同じ姿勢のままだ。

「俺が現れる前にパーティーをお開きにするのは駄目だよ。そこは反省しなきゃね」

「申し訳ございません」

「これで許すなんて、俺はやっぱり優しいなあ」

ダセムへの関心をなくしたのか、邪神は良一達に向き直る。

その間にダセムの体は元通りに治っていた。

「以前の観客は妹ちゃん一人だけだったけど、今回は二人も妹ちゃんがいるじゃないか。前回の二倍だよ、二倍」

邪神はまたふざけた調子を取り戻すが、良一達は必死に思考を巡らせる。

前に戦った時も圧倒的な力量差だったけれど、神降ろしを習得した今もその差は縮まったようには思えない。キャリーやココは邪神と対峙したことがあるので、その差を改めて認識したようだ。

スロントやみっちゃんは、良一達から邪神の話を聞いていたものの、実際に対面するとやはり違う。ジークとリッカに関しては邪神から溢れる力を前に、心が折れそうになっている。

「前回遊んだ時は、今考えれば一方的すぎたな。それじゃあ俺は楽しめてもお前達は楽しくないだろう」

邪神は顎《あご》に指を当ててわざとらしく考え込む。

「そうだな……神降ろしなんて無駄《むだ》な技を習得して、俺との力量差がほんの少しは縮まったんだ。この円の外側に俺を出すことができたらお前達の勝ちにしよう。制限時間は俺が飽《あ》きるまで」

そう言って邪神は自分の足元に小さな円を描く。こちらをどう弄《もてあそ》ぶか考えているのか、良一達を見る目は楽しそうに歪《ゆが》められていた。

「ダセム、お前はそこの半神を足止めしておけ。俺の命令を遂行《すいこう》できないわけがないよな」

「決してあなた様の楽しみの邪魔はさせません」

「よくわかっているじゃないか。まあ、期待せずにいるよ」

「はっ」

そう言うなり、ダセムはブルクへ突進する。

彼の表情から先程の余裕はなくなり、全力でブルクに仕掛けた。

そこまで必死になられるとブルクも余裕などない。邪神の言葉がそれほどに効《き》いたのだろう。

「さあ、早く俺と遊んで楽しませてくれ」

邪神の方も待ち切れないようだ。

良一達も覚悟を決める。

すでにさっきまで使用していた神降ろしは力が霧散して、効果が切れている。

それぞれが今一度神降ろしを発動して、自身の限界まで力を高める。

良一は後ろ向きな気持ちを捨て去り、なんとしても倒すと無理やり自分を奮い立たせて、最高の状態までステータスを上げていく。

邪神相手に魔法戦は意味をなさない。奴ならば良一達が放つ魔法を全てそっくりに真似て相殺《そうさい》してしまうだろう。邪神の決めたルールにすがるしか、良一達に道はない。

「邪神を倒して皆で生還《せいかん》する。俺達の全力を叩き込む！」

「「「おう！」」」

全員の気持ちをまとめてから、良一が先陣を切った。

足が地面に沈むほどに力を込めた踏み込みで突撃する。

先程はモアを助けるために向こう見ずに突っ込んだが、今度は邪神の一挙手一投足《いっきょしゅいっとうそく》を食い入るように見つめる。邪神は良一の突撃に対して、なんらかの攻撃を放った。

帝国で戦った時は視認できないほどに速く感じたが、今の良一にはそれが見える。

邪神の攻撃を避けながら、距離を縮めてその胸へ拳を叩き込んだ。

「ナイスパンチ」

邪神が馬鹿《ばか》にしたような声を出す。

彼の胸板《むないた》は、限界まで力を高められた良一のパンチでもビクともしないほどに硬かった。

良一がすぐに下がると、入れ替わりでキャリーが斬りかかるが、邪神は片手の人差し指と中指を合わせただけの手刀ともいえないそれで剣を弾いた。暇を与えずスロントが重力魔法で最重量の一撃を与える。それでも邪神をぐらつかせることもできない。

真正面から押し込もうとするスロントの両脇から、ココとリッカが飛び出し、邪神の両脇に剣を突き出す。しかし、ギンッと鈍い音がしたかと思うと、剣は邪神の体から弾かれてしまった。

ココとリッカはそれを想定していたのか、慌てずにその場で邪神の体に蹴りを放つ。

その衝撃に邪神の上半身が揺れるが、まだ彼の体勢は崩れない。

同時に三人の攻撃を受け止めたまま固まる邪神に、良一とキャリーとジークが再突撃した。

神降ろしを発動した六人の力で押すものの、邪神はビクとも動かない。

「ほら腰を落として。もっと力を込めなきゃ」

邪神の余裕そうな態度は変わらない。良一達は邪神をその場から一歩も動かせずに距離を取った。

「まだまだだ……」

正面からで駄目ならば帝国で戦った聖霊喰《せいれいぐ》らい、〝不死身のイトマ〟を地面から引き離した時のように地面を窪《くぼ》ませて転ばせたり、下から突き上げたりしてはどうかと考える。

「前も言ったよな？　神である俺の前では、お前らの思考はただ漏れだって」

邪神は良一の目を見据えながら言う。良一も自分の甘さに顔をゆがめた。

「甘すぎて、びっくりだよ。そんなことで世間の荒波を渡れるのか、心配になるぜ」

「……黙れ」

「先輩神としての忠告を黙れだなんて、ひどすぎるなあ」

今度はこちらの番だというように、邪神が攻撃を放った。

その先にはメアやモアがいる。マアロが防御魔法を発動し、良一やキャリーも急いでその守りに加わった。なんとか邪神の攻撃を防ぎきるが、メアとモア以外は軽くない傷を負ってしまった。

神降ろしの自己治癒で少しずつ回復するものの、邪神の攻撃一回でこのダメージだ。

「さあ、また攻守交代だ。でも一回一回やり直すのも飽きるだけだし、変化を加えようか」

邪神はメアとモアがいる場所と良一達がいる場所の間に〝断絶の壁〟のようなものを出現させる。

「メア、モア！　大丈夫か！」

「私は大丈夫です！」

「モアも大丈夫！」

二人に怪我はなさそうだが、大人組とは完全に分断されてしまった。

何より、メアとモアを囲む壁の中には今の二人に敵意を示す存在がいる。

その場にいる全員が邪神の意図に気づき、そのあまりにも悪辣な考えに怒りで打ち震える。

メアとモアが見つめる先には、マアロの結界で抑え込まれていた二人の父親がいた。

「押さえつけられているなんて可哀想《かわいそう》だろう」

そして邪神は、いとも簡単にマアロの結界を破壊した。

押さえつけられて怒りの感情が高まっていたのか、父親はその場で雄叫びを上げる。

「あのモンスターは何？」

モアはそれが父親だとは知らない。その場にいる全員が言葉に詰まった。

「モアは後ろに下がっていて。私が守るから」

「お姉ちゃん……？」

モアは疑問を抱きながらも、素直にメアの後ろに隠れた。

良一も助けに行きたいが、邪神の張った壁は簡単には壊せないだろう。

二人の父親は目標をメアとモアに定めたようで、ゆっくりと彼女達に近づいていく。

メアは神降ろしを発動して、自身のステータスを高める。

こうなれば彼女が父親に負けることはない。だが、当然のことながら、メアはまだ父親を倒す決心などできていないようだった。

叫び声を上げて襲いくる父親に、彼女は風魔法や水魔法を放って近づかせないようにするが、殺《さっ》傷性《しょうせい》がないので倒せもしない。

メアの神降ろしも時間制限があるので、いつまでもモアを父親の攻撃から守り切れるとも思えない。良一はそんな彼女と父親との戦いを見ることしかできず、歯がゆさに苛《さいな》まれる。

マアロが父親を再び結界で抑え込もうと試みるが、壁越しに魔法を発動することができない。

やはり断絶の壁と同じような効果があるみたいだ。

「ほらほら、これでさらにやる気が出たかな？」

「……お前の悪辣さに反吐《へど》が出るよ」

怒気《どき》を孕《はら》んだ良一の声に邪神が高笑いを上げる。

「いいね、良い悪感情だよ。とても心地いい」

良一達は再び邪神に攻撃を仕掛けた。全力の一撃を放った先程とは打って変わって、今度は手数を増やしてラッシュで攻める。しかし、そんな連続攻撃も軽くいなされてしまう。

やはり、以前のように神器による攻撃を放たなければ、まともなダメージは与えられないのか。

「そうだな……待っていてやるから、神器を出せる奴は祝詞《のりと》を上げたらどうだ？」

「やめておけ！」

邪神の提案にキャリー達が乗ろうとするが、それに待ったをかけたのはダセムと戦い続けているブルクだった。彼と対峙するダセムは元の端整な外見から大きくかけ離れ、牙をむき出しにして邪悪なヴァンパイアそのものへと姿が変わっている。

そのダセムの攻撃を迎え撃ちながら、ブルクは良一達へ助言を続ける。

「神降ろしをしている状態で、神器を使うんじゃない！　使えばお前達は二度と立ち上がれなくなる」

苛烈《かれつ》さを増し続けるダセムの猛攻《もうこう》を防ぐのに精一杯で、ブルクの助言は途中で打ち切られる。

しかし彼が相手に隙を見せてまで放った忠告だ。

間違いなく正しいのだろう。皆もブルクの言葉を聞いて神器を出すのを思いとどまる。

「おいおい、邪魔をするなよ。抑えきれなかったダセムは後で叱《しか》らないとな」

邪神は小さく舌打ちした。神器が使えないとなると、邪神に有効打を与えられない。攻撃の手は緩めないが、時間だけが過ぎ去っていく。

一行は自己治癒に頼りつつ邪神の攻撃をなんとかしのいでいるものの、怪我は徐々に増える一方だ。

良一は《神級再生体》、マアロも強化された回復魔法を使って皆の傷を逐一《ちくいち》治している。

この膠着状態で最初に退場を余儀《よぎ》なくされたのはリッカだった。彼女が強化魔法で補強している剣が限界を迎えたのだ。剣にかけていた強化魔法は完璧だったにもかかわらず、邪神の体を斬りつけ、攻撃を防いでいるうちに強度の限界を超えてしまったらしい。

「一人目の脱落だな」

邪神は、剣が折れて一瞬動きが止まったリッカにデコピンをする。

普通のデコピンではありえない衝撃が頭を襲い、リッカは額から血を流しながら吹き飛ぶ。

意識がないのか、彼女は受け身すら取れずに地面を転がり、そのまま倒れ伏した。

「リッカ」

マアロが慌ててリッカに回復魔法をかけるが、意識は戻らない。

「無駄だよ。この遊びが終わるまで目は覚めないよ」

邪神が言うように、マアロの回復魔法で血は止まったものの、相変わらず意識は復活しない。

「まあ、さすがにそろそろ脱落者も出さないと代《か》わり映《ば》えしないからね。壁の向こうで戦う妹ちゃんの限界までにあと何人か脱落しちゃうのかな？」

認めたくないが、邪神にとってこれは戦闘ではなく遊びなのだ。良一は思わず歯噛《はが》みする。

「くっ……」

「無念……殿、申し訳ないでござる」

神降ろしの限界量が小さいジークとスロントも、邪神に吹き飛ばされて意識を失う。

「やれやれ、これで脱落者は三人。まあ、そんなものかな」

そのタイミングで、良一達の後ろから悲鳴が上がった。

「お姉ちゃん！」

モアの叫び声に良一達が振り返ると、メアが肩で息をしながら苦しそうな表情を浮かべている。

どうやら神降ろしの効果が切れてしまったようだ。

神降ろしには再使用までのクールタイムは存在しない。理論的には何度も連続で発動できるが、それは使用者の精神的な疲れを考慮しない場合だ。

ただでさえ習得して間もない技術。集中力が切れれば発動できない。

父親を必要以上に傷つけまいと集中しすぎたメアは、すぐには神降ろしを使えないほどに疲労していた。しかし、父親はそんな彼女の状態をチャンスだと思ったのか、今までの鬱憤《うっぷん》を晴らすかのようにメアに突撃する。

メアも神降ろしの状態ではないものの、自分の魔力で魔法を発動した。

だが、神降ろしというブーストのかかっていない魔法では、強化された父親の勢いを抑えられない。

「メア!!」

「メアちゃん!」

良一やココが声を上げる。それでもメアには為《な》す術《すべ》がない。

誰もが絶望したこの危機的な状況——

ここで動いたのはモアだった。

「あっち行って!」

その瞬間、彼女の両手に刻まれている双精紋《そうせいもん》が輝き、魔法が放たれる。吹き飛ばされた父親の体は邪神が作り出した壁に打ちつけられた。

「モア……」

「今度はモアがお姉ちゃんを守るよ。モアも強くなったもん」

近くに良一やココもいない。大精霊のセラやシーアもいない。頼みのメアは疲れ果てている。

よほど怖いのか目に涙を溜めたモアが、必死に異形に立ち向かう。相手が父親とは知らずに。

「モア、待って。お姉ちゃんは大丈夫だから」

しかし、そんな危《あや》ういモアの肩にメアが手を置く。

「モアの気持ちはわかったよ。でもここはお姉ちゃんに任せて。良一兄さんほど強くはないけど、私もモアのお姉ちゃんとして絶対に守ってみせるから」

モアの姿を見た彼女なりの意地なのだろう。メアが神降ろしを発動する。

これで疲労感はなくなるが、体内の力を消費しているので、万全な状態よりも持続時間は短くなるはずだ。しかし、やはり放たれる魔法は父親を決して傷つけない。

メアの強い決意に感化され、良一達もやる気を漲らせた。

「ココ、キャリーさん、マアロ、みっちゃん、邪神を倒す」

「はい！」

「ええ」

「やる」

「わかりました」

皆、メアの覚悟を見て顔つきが変わった。

そんな良一達の様子に、邪神は笑いを堪えるように手で口を押さえる。

「おいおい、熱くなっているところ悪いが、俺を倒すだって？」

邪神は我慢できなくなったのか、今まで一番大きな笑い声を上げて自分の足を手で叩く。

「威勢《いせい》だけで俺に勝とうとしているのか。無理に決まっているだろう」

しかしそこまで笑われても、皆の決心は揺るがない。

良一達の思考を読み取ったのか、邪神はスッと真顔に戻った。

「笑えねえよ」

初めて見せる邪神の真剣な表情。だが良一達は、邪神を倒す方法だけに考えを巡らせる。

「だから無理だって言っているだろう。俺にとっちゃ、神降ろしをしたお前達も足元を這《は》いつくばる蛆虫《うじむし》も大して変わらないんだ」

邪神の言葉に愉悦《ゆえつ》の感情はなく、侮蔑《ぶべつ》と冷淡《れいたん》が入り混じった低い声音だ。

良一達が自分の思い通りにならないのに、苛立《いらだ》ちが募《つの》ってきたのだろう。

「悪い、待たせたな」

良一達が振り返ると、ブルクが真剣な表情で立っていた。服は破れて、ズボンには血がにじんでいる。彼とダセムが先ほどまで戦っていた場所には、一個の玉が落ちていた。

「腐っても亜神だな。封印するのに時間がかかった」

口元の血を拭いさりながら、ブルクは邪神に対して戦闘態勢を取る。

「所詮《しょせん》は亜神か。神になりそこなった存在。期待はしていなかったよ」

邪神はダセムが封印された玉からブルクに視線を移す。

「半神が加わったところで俺には勝てない」

「それはどうかな？」

ブルクがズボンから一本の短剣を取り出して地面に突き刺す。

「これで邪神に思考を読み取られることはなくなった。石川良一、親父に認められて亜神になるんだろ。意地を見せろ。邪神を倒すぞ」

ブルクは言うや否や、邪神に突撃する。

余裕で対処していた良一達の時とは違い、邪神はブルクからの攻撃をしっかり防ぎ、捌く。

こうなっても邪神は自分の定めたルール通りに、円から一歩も出ないが、初めて足が動いて片足立ちになる。

その邪神の姿に良一達のやる気はさらに高まる。

「気に入らないな……その覇気《はき》に満ちた顔。俺が欲しいのは苦悶《くもん》に歪む表情なんだよ」

邪神の言葉に強く苛立ちが混ざる。

ブルクを補助するために、何度目かわからない神降ろしを発動させたココとキャリーが打って出る。

それを見た邪神が今まで以上の威力を持った攻撃を放つが、マアロがこれを防御魔法で逸らし、ココとキャリーはぎりぎりのところでかわした。

一発当たれば終わりの戦い方。しかし、ブルクの助けになればと、三人は極限まで集中して攻撃を続ける。

やがて邪神の体にブルクとココとキャリーの攻撃が当たりはじめた。

相変わらずココとキャリーでは傷つけられないものの、ブルクの攻撃は邪神に効いている。

ブルクと二人の違いは何なのか。こう言ってはなんだが、ブルクも力の総量では限界まで神降ろしを発動した良一と大差ない。

それは修業中にブルクからも聞いたことがある。

なら何が違うのか。良一はすぐに神としての力、〝神意《しんい》〟という考えに思い至った。

しかし、そこで先ほどのブルクの助言が頭をよぎる。

――神降ろしをして神器を使うことで体に何が起こるのか。

そもそも神器とは神の力をまとった武器を顕現させ、短時間の間、神に等しい力を揮えるというものだ。帝国でも邪神はキャリーとココの神器の攻撃に、大きく身を抉られていた。

つまり邪神にダメージを与えるには神の力でないといけない。

だが、神器は使用直後に意識を失ってしまう。

これは大きな力を揮う代償《だいしょう》で、自身の限界を超える力を扱うため意識が飛んでしまうと考えられる。

神降ろしをして限界まで力を高めた状態で神器を召喚すれば、さらに神意が上乗せされて体が耐えきれなくなるだろう。そうだとすればブルクが止めたのも理解できる。

そこまで考えが至っても現状、良一には神意を得る手段がない。彼も亜神の契約を交わしたとはいえ、まだ神ではないのだ。

この世界で最も神意を感じる場所は神殿だ。

また、神が顕現した時や、加護を授かった時の神殿ではより強く感じた。

その他には良一が異世界スターリアに転移する直前、主神ゼヴォスに会った時だ。

今思えばその時が一番強く神意を感じたかもしれない。

つまり神そのもの以外にも、神界の空気自体に神意が宿っていると考えられる。

神界の力を取り込めれば、良一自身にも神の力を宿らせることができるのではないか。

良一はそこまで考えて〝そんな単純な話ではないだろう〟と思い直した。何せ神の力を扱おうというのだ。考えるのは簡単だが、失敗の確率の方が格段に高い。

「いや、もう悩んでいる時間はない……」

言葉を口に出して良一は決心する。

ポケットの中で、神白から受け継いだ世界石を握り締めた。

今回、彼は助けに来てはくれないだろう。亜神になる契約を交わした時に釘を刺されている。

――神白さん、どうか力を貸してください。

心の中でそう願いながら、良一は世界石の力を使った。

世界石には空間を切り開いて世界と世界を繋ぐ力がある。要するに世界石を通じて神界を呼び出すこともできるのだ。

良一はその性質を利用して、神界の力だけを呼び込もうとする。

結果はすぐに明らかになった。

良一が神降ろしを用いて神界の力を体内に取り組んだ途端、激痛が襲ってきた。

「石川良一、無茶だ。すぐに止めろ！」

「馬鹿がいるな。ただの人間《にんげん》風情《ふぜい》が神の力を扱いきれるわけないだろう」

ブルクと邪神は良一が何をしようとしているのか瞬時《しゅんじ》に理解した。

それでも良一は必死に神降ろしを成功させようとする……が、制御しきれない。

やはり人間の体に神の力は適応しないのだ。

神器という形を取らなければ人間は神の力を揮えない。良一はそれをはっきりと理解した。

――しかし、それは普通の人間ならば、だ。

良一は主神からチート能力を授かった異世界からの転移者である。

彼は自分で選んだチート能力を思い出す。

《神級分身術》、《神級再生体》……そして《神級適応術》。

最後の能力はどんな環境や場所でも活動でき、毒や麻痺《まひ》などの状態異常も無効化できる。

こんな状況だ。使える能力は全て使う。

良一は《神級再生体》で体を無理やり治しながら、《神級適応術》で必死に神意を馴染ませる。

ブルクと邪神の表情が段々と驚愕へ変わっていく。

「うぉぉぉっ！」

気力を振り絞り、良一はついに神意をまとった神降ろしに成功する。

今までに味わったことのない多幸感や充足感に酔いしれそうになるが、良一はしっかり邪神をその目に捉えた。

「まさか……ただの人間が神意を扱えるわけがないだろう」

邪神の言葉を無視して、良一は拳を繰り出す。
今まで放ってきたものと違い、しっかりとした手応えがあった。
邪神の頬を綺麗に捉えた拳を振りぬくと、その足が自身の描いた円から外に出る。
その光景に全員が目を見開いた。
「こんなこと……認められるものか！」
邪神が叫び声を上げて良一と同じように拳を繰り出す。
良一はそれを避けきれず、まともに胸にくらうが、その場に足を踏んばって耐えた。
その結果に邪神が唖然とする。
ダメージを受け、自身の攻撃も受け切られたその事実が認められないようだ。
良一が一歩近づくと、邪神が一歩後ろに下がる。
それは無意識の行動だったのか、邪神は自分の足下を見て、顔を怒気に染《そ》めた。
「ただの人間がイキがってんじゃねえよ！」
そこからは良一と邪神の殴り合いになった。
互いの体に叩き込まれる攻撃はしっかりとしたダメージとなって残っていく。
今の良一の力は神と同等、邪神に対しても有効に攻めていける。
しかしそれでも、邪神は上級神を超える力を持っているのだ。

いくらダメージを与えられるといっても、良一とは歴然とした力量差がある。

「少し焦ったが……所詮は人だ。俺という神を超えることはできない」

「確かに俺一人なら無理だ。でもな……」

そこで良一は最後のチート能力《神級分身術》を発動した。

良一の分身体が百人以上召喚される。その分身体全員が神意を宿らせたままの良一だ。

「そんな、馬鹿なことが……」

「これで終わりだ」

全ての分身体で邪神に襲いかかる。

およそ作戦も何もないごり押しだが、その圧倒的な物量に邪神も為す術がない。

分身体を解除すると、満身創痍《まんしんそうい》の邪神がその場に倒れ伏していた。

「ブルクさん、封印をお願いできますか」

「ああ」

ブルクが邪神に近づき、ダセムを封印した玉よりも二回りほど大きな玉を取り出す。

「三主神より苛烈《かれつ》な罰が下るだろう。年貢《ねんぐ》の納《おさ》め時《どき》だ、邪神よ」

邪神は無言のまま玉に吸い込まれていく。

その最後は呆気ないものだった。

封印が終わると、メア達との間を阻《はば》んでいた壁が消え去った。

すぐにマアロがメアとモアの父親を結界に閉じ込めようとするが、その前に彼はその場に膝をついて苦しみだす。

良一は気を緩めることなく、様子を見守った。

父親の体が再び変貌しはじめて、元の人間の体へ戻っていく。

膨れ上がった筋肉やむき出しになっていた牙もなくなり、そこには傷ついた一人の男が倒れていた。

「お父さん！」

元の姿に戻った父親を見て、モアは今まで対峙していたのが自分の父親だと初めて理解する。

倒れ伏した父親に向かって駆け出そうとした。

しかしそれをブルクが止める。

物わかりのいいモアにしては珍しくブルクを睨みつけるが、彼も譲らない。

「相手は死後の世界の住人だ。なんの対策もせずに触れれば現世に戻れなくなる」

そう言ってブルクは父親を中心に結界を張った。

「この結界の中でなら触れ合っても大丈夫だ。だが、あそこは彼にとってはきついだろう。話せる時間はわずかだ」

ブルクがモアの肩に置いた手を離すと、彼女は一直線に走り出した。

メアもその後を追い、父親のもとへ向かう。良一やココ達も二人に続いた。

「……メア、モア」

「そうだよ、お父さん。私だよ、メアだよ！」

「お父さん！　モアもいるよ！」

メアが父親を抱き起こす。彼の体はひどく傷ついていた。

マアロが回復魔法をかけようとしたが、〝死後の世界の住人には効かない〟とブルクに止められる。

「二人とも怪我はないか？　本当にすまない……自分自身を止められなかったんだ」

どうやら彼には変貌していた時の記憶があるようだ。

メアとモアは涙を流しながら首を振る。

「大丈夫だよ、お父さん」

「モアこそ、お父さんって知らなくて……ごめんなさい……」

「いいんだよ。二人が無事で良かった。それと二人を残して死んでしまって申し訳なかった」

「うん……でもね、お父さん。良一兄さんが私達を助けてくれたの」

「モアも良一兄ちゃんに病気を治してもらったんだ！」

二人は必死に父親に話しかける。彼の下半身はすでに塵となり、消え去りはじめた。

良一はブルクを見るが、彼は首を振る。どうすることもできないみたいだ。

「良一兄さん？」

メアとモアの父親が首を傾げる。良一は改めて二人の父に向き直った。

「初めまして、石川良一といいます。今はメアとモアの兄として、保護者をしています」

メアとモアの背中に手を置きながら父親に挨拶をする。

「そうですか、あなたが……二人に借金を残して死んでしまったどうしようもない父親に頭を下げられても困ると思いますが、どうか、メアとモアの二人を幸せにしてあげてください」

「はい」

その言葉からは、二人の幸せを切に願う気持ちと、その成長を見ることができない悔しさが痛いほどに伝わってきた。

「初めて会って何が分かるんだとお思いになるでしょう。でも石川さん、あなたならば安心して娘を預けられます」

「絶対に守ります。そして幸せにします」

「あなたのその返事だけで充分です」

良一は父親が差し出した手を握った。

その右手は羽のように軽く、良一の右手を握る自分の力でボロボロと崩れる。

父親はすでに胸まで塵になってしまった。

最後の力を振り絞って右手と左手でそれぞれメアとモアの頭をなでる。

「久しぶりに会ったけれど、二人とも背が伸びたんじゃないか？」

「もうずっと会ってないんだから、当たり前だよ。私もモアもすごく大きくなった」

「いっぱい食べて、いっぱい遊んでるから」

「そうか、そうか……」

メアとモアは別れが近いのを感じてさらに涙を溢れさせる。父親も二人の姿を記憶に刻み込むように、優しく頭を撫で続けた。

やがて右手と左手が腕と一緒に塵となって風にさらわれる。

「メア、モア。幸せに生きてくれ」

「うん。わかったよ、お父さん」

「お父さん、死なないで！」

「ああ……泣かないでくれ。メアにモア、二人とも笑った顔がお母さんにそっくりだ。いつまでも笑って生きてくれ」

「お父さん……お父さん！」

「お父さん!!」

二人の呼び声に、父親は涙を流しながらも笑顔を見せた。

「メア、モア、二人は私の大事な娘だよ」

そう言い切ると、メアとモアの父親は笑顔のまま塵となって流れていった。

二人は父親の最期《さいご》の頼みで無理やり笑顔を作っていたが、そのうちに限界を迎えて、その場で大粒の涙を零《こぼ》しはじめた。

良一はそんな二人をしっかりと両腕で抱きしめる。

「お父さんに約束したからな。メアとモアの二人を絶対に幸せにするって」

泣きじゃくる二人に優しく声をかける。

「だからお父さんの分まで、二人を幸せにするよ」

良一の言葉にメアとモアは声を上げて泣いてしまう。良一は二人に言葉をかけ続けた。

皆は自然にメアとモアの涙が収まるまで、黙って待っていてくれた。

◆◆◆

「ありがとうございました。良一兄さん」

「良一兄ちゃん、お父さんは天国に行けたかな？」

「ああ、きっと行けたさ」

良一が笑いかけると、二人も頷いて笑顔になった。そこへブルクが声をかけてきた。

「これを神官に浄化してもらえ。父親の灰が入っている」

そうしてブルクはメアとモア、そして良一に小さな袋を一つずつ渡した。

「今のままだと死後の世界の悪影響が残る。だが、高位の神官ならば穢《けが》れを祓《はら》えるはずだ。やり方は神官が知っているだろう」

ブルクが目元を赤くしたマアロに問う。彼女はしっかり頷いた。

「浄化は私がする。二人は私にとっても大切な妹だから」

「マアロ、頼んだ」

「任された」

マアロは胸を叩いて、大切な仕事を引き受けた。ブルクが再び口を開く。

「仲睦《なかむつ》まじいところ悪いが、さっさとこの世界から移動しよう」

「そうですね」

良一達が周囲を確認すると、死後の世界の住人達がこちらににじり寄ってきていた。

急いで世界石を使い、神の塔へ繋ぐ。

「よし、皆入ってくれ」

ブルクが最後まで残るようで、ココやマアロ達が先に現世に戻る。

気絶していたスロントとジークとリッカも、邪神が封印されたことでマアロの回復魔法が効くようになり、意識を取り戻している。

良一の後に続いて、最後にブルクが邪神とダセムが封印された玉を回収してから空間の切れ込みに足を踏み入れた。

良一はブルクがこちら側に戻ったのを確認してから、死後の世界と繋がった空間を閉じた。

今度は最後まで目を離すことなく、切れ込みが全て消えるまで見届ける。

ここでようやく全員が一息ついた。

その絶妙なタイミングで、神白がどこからともなく現れた。

「皆さん、よくぞご無事で」

「神白さん……」

「邪神とダセムを受け取りに来ました」

ブルクが神白に邪神とダセムが入った玉を差し出す。

神白はそれを真剣な表情で受け取り、ポケットに収めた。

「石川さん……神意をその身に宿したのですね」

「あの時は無我夢中《むがむちゅう》で……いけないことでしたか？」

「いいえ、何も悪いことではありません。石川さんが自分の力で成し遂げたのです。主神もお喜びになるでしょう」

神白は一礼して転移していった。

マアロが早速、メアとモアの父親の灰を浄化する準備を整えて、祈りを捧《ささ》げはじめる。

それを離れた位置で見ていたブルクに、良一が近づいた。

「ブルク、今さらだけど見た目の年齢も近いから呼び捨てにしてもいいかな」

「まったく……好きに呼べばいい」

ブルクは良一の提案に驚いたようだが、拒否はしない。

「ならブルクも俺のことを良一って呼んでくれないか」

「はあ、そこまで注文を付けるのか」

呆れるブルクに良一は頭を下げた。

「世話になった、ブルク。死後の世界にまでついてきてくれて感謝するよ。ブルクがいなかったら死後の世界では満足に動くこともできなかったし、邪神も倒せなかった」

「邪神を倒したのはお前の実力だ。俺もまさか倒せるとは思っていなかった」

「いや、ブルクがダセムを倒して邪神との戦いに駆けつけてくれなかったら、皆を助けられなかった。今度はイーアス村の特産品を持って遊びに来るよ」

「……わざわざ来なくてもいい。けどまあ、来たら茶ぐらいは出してやるよ、良一」

良一はブルクが名前で呼んでくれただけで嬉しくなった。

「ああ。また来るよ、ブルク」

ブルクと言葉を交わしている間に、マアロが浄化に成功したようだ。

メアとモアが大事そうに小袋を抱きしめている姿が見える。

それから一行は少し休憩を挟んでから、神の塔の出入口へ続く螺旋階段をブルクに出してもらう。

ジークはまだまだ神の塔の内部を見たそうにしていたけれど、また来られると説得した。

メアやモアがブルクに手を振りながら階段を降りはじめる。彼は両腕を組んだまま上から見下ろしているだけだが、よく見ると小さく右手を振っていた。

結局ブルクは、最後に螺旋階段が消失するまで良一達を見送った。

その姿に〝最後までツンデレだな〟と、皆で笑い合う。

一行は断絶の壁を出て、久しぶりに太陽の光を直《じか》に浴びる。

不毛の大地は殺風景《さっぷうけい》でも、陽光はどんな場所でも変わらず体を温めてくれる。

「さて、イーアス村に帰ろうか」

良一の言葉に皆が元気な声を返した。

エピローグ

良一達は二ヵ月ほど留守にしたイーアス村に帰ってきた。

事前に連絡を入れておいたので、村の入口に執事のポタルや内政官のゼル、新設した石川男爵家武警隊の面々、そして村の多くの住民が迎えに出てくれた。

「お帰りなさいませ、領主様」

「「お帰りなさいませ」」

「ただいま。長い間村を空けてしまったが、皆がしっかりと留守を守ってくれたのは、見ればわかるよ」

「ありがたいお言葉です」

代表してポタルが良一に応えた。

「皆にも土産話はあるのだけど、それは今夜の宴会《えんかい》に取っておこうかな」

「さすが領主様！　今夜は宴会だ」

「どんちゃん騒ぎしましょう、領主様！」

村人が良一の宴会という言葉に大きな反応を示した。

スロントが良一を気遣い〝大丈夫でござるか〟と声をかける。しかし、飛空艇の中で休息が取れたので、良一の体力は充分だ。

その晩は、多くの村人に囲まれながら神の塔や不毛の大地、災害ダンジョンに断絶の壁について話した。

男性陣には戦闘やダンジョンの話を気に入ってもらえたのだが、女性陣はセントリアス樹国で調べた神秘調査隊や世界樹の話の方がお好みだったみたいだ。

しかし村の女性達と話していると、そのうち話題は旅の話から良一とココ、マアロの関係へ移りはじめる。

最近村では好景気の影響で、多くの女性が妊娠《にんしん》したそうだ。

その中には、良一の木こりの兄弟子でもあるファースの奥さんもいた。

「それで領主様のところには、いつ跡取《あとと》りが生まれるんだい？」

「子供が生まれたら、村を挙げてのお祝いになるからね」

彼女達の言葉に良一はしどろもどろだ。

「まあ、子供は授かりものですから、気長に、気長にね」

とりあえずそう誤魔化すものの、近くで酒を飲んでいるココとマアロからの視線を背中越しに感じる。

女性陣もそれをわかって聞いている節《ふし》があり、良一はこの空気をコップに入った酒を飲み干すことで流そうとする。

良一の煮え切《にき》らない態度に、女性陣はさらに攻め立てようとするが、キャリーが颯爽《さっそう》とこの場を仲裁《ちゅうさい》した。良一はキャリーに感謝して、〝他の皆のところも回らないといけないから〟と中座《ちゅうざ》する。

しばらく皆でわいわいと楽しみながら酒を飲み交わしていると、ジークが近寄ってきた。

「石川男爵、隣、よろしいですかな？」

「はい、もちろんです」

「改めて、当初の目標通りに全員が無事に旅を終えられたこと、おめでとうございます」

「こちらこそ、ジークさんがいなければこの旅は成功しませんでした。ありがとうございます」

「私は石川男爵の後についていっただけです。おかげさまで歴史上稀《まれ》にみる出来事をたくさん体験できました」

「そうですね、今回も密度の濃い旅でした」

果たしてそれは良いことなのかどうか判別がつかない良一は曖昧に笑う。

するとジークは彼に向き直って真剣な声音で切り出した。

「石川男爵、私を家臣に加えていただけませんか」

「えっ？　でもゼルから、ジークさんは旅好きで誰かの家臣にはなりたがらないと聞きましたけど……」

「確かに普通の貴族ならば、私の知的好奇心を満たせないでしょう。しかし石川男爵の場合は、近くにいた方が数多くの貴重な経験ができると思った次第です」

「なるほど……わかりました。ジークさんが長年積み重ねてきた知識を石川男爵家で発揮してください」

「はい、お役に立ってみせます」

こうしてジークも家臣団に加わった。


翌日、スロントやゼルにもそのことを伝える。ジークの優秀さを理解している二人は一も二もなく賛成した。

それからの良一は、溜まりに溜まった仕事を片付ける日々に追われた。

神の塔に向かう前にほぼ終わらせたはずなのだが、二カ月の間に入った新規の仕事が膨大だった。

それらをこなしながら、時間を見つけてはモアのために精霊界と空間を繋げている。

というのも、世界石の力でセラとシーアが初めてイーアス村に来た際に、良一はモアを再び危ない目に遭わせてしまったことで詰問《きつもん》を受けたのだ。

どうやら、神白、ティリア、湖の大精霊、セラとシーアという経緯で情報が伝わったそうで、やっぱりモアには二人がついていないと、という話でまとまった。

以前のように、モアにベッタリとくっついて側を離れないセラとシーアの姿を村でよく見かける。

それから良一は今回の旅でお世話になった人達に手紙を書くことにした。

本来ならば直接お礼に出向くべきなのだが、仕事に追われて余裕がない。

宛先は、公都グレヴァールのホーレンス公爵にキリカ、セントリアス樹国のトーカ神官長などだ。

大陸北部の不毛の大地にある災害ダンジョンの上で神の塔を見つけた、ということは書いたけれど、神の塔に入る手段などについては秘匿事項《ひとくじこう》なので伏せておく。

皆聡明な人物達なので、彼がわざと隠していると気づくだろう。だが、そこをあえて突っ込んで聞いてくる人はいないはずだ。

また良一達は、ドワーフの里にあるメアとモアの父親のお墓を訪ねた。

以前来た時に綺麗にしたが、再び落ち葉や汚れがついていたので皆で、掃除をしてから墓前に手を合わせる。

それが終わると、父親の墓にブルクから渡された二人の父親の灰が入った小袋を埋めた。

ここには二人の母親も安置されている。

彼も自分の妻と一緒にいられれば幸せだろう。

「お父さん、私が種を植えた花が咲きました……」

「最近はセラちゃんとシーアちゃんも村の皆と遊ぶようになったんだよ。モアも毎日楽しい」

いつもと同じようにメアとモアが墓前に報告する。

あの後、神白から手紙が届いた。メアとモアの父親は消滅したわけではなく、今は輪廻転生《りんねてんせい》の準備をしているそうだ。

ココのお爺さんやスパール隊長も同様で、それを聞いた良一達は少し安心した。

手紙には邪神とダセムについても書かれており、あの二人は三主神が責任を持って封印したそうだ。

邪神も今までならば悪あがきをするところが、良一に敗れたことがよほどショックだったのか、今回は大人しくしていたらしい。

手紙の最後には、主神も良一が亜神になる契約を交わしたのを嬉しく思っているとあり、また、〝良い人生を送ってから亜神として働いてほしい〟と結ばれていた。

「俺もメアとモアのお父さんに報告しないとな。約束は守っているけど、〝モアが最近嫌いな野菜を少し残すようになりました〟って」

「良一兄ちゃん、そんなこと言っちゃ駄目だよ！」

「なら、モアも野菜を残したら駄目だよ？」

「うぇぇ……だって苦いの嫌いなんだもん」

すると、みっちゃんがモアに提案する。

「じゃあ、モアの好きなハンバーグに混ぜてみますね。それなら食べられるでしょう」

「みっちゃん、そんなことできるの？」

「任せてください。モアの口に合うように調理してみせます」

今日の献立《こんだて》が決まり、良一も夕食が待ち遠しくなる。

「今日の晩御飯はみっちゃんのハンバーグか。楽しみだな」

「うん、楽しみ！」

ようやく、良一の平凡で、でも幸せな日常が戻ってきた。

頼もしい仲間に囲まれて、イーアス村も急激に成長している。

今や村民の数は初めて訪れた時の二倍ほどになった。

それでもスロントやゼルがしっかり内政を考えて、武警隊が村を監視しているため、大きな問題もなく対応できている。

村の拡張はみっちゃんに任せており、村とドワーフの里を結ぶ道路についても、工期を前倒ししして大部分が完成し、今は細かなところを工事している。

これも石川男爵家に新設された〝魔導機対応室〟のおかげである。

みっちゃんの丁寧な指導のもと、今では二十人程が魔導機の修理や改修の職についている。

対応室の職員はやる気に満ち溢れていて、みっちゃんは毎日質問攻めにあっているらしい。

彼女もその質問全てに完璧な回答をするので、彼らの腕前が上がらないわけがない。

そうして彼女の厳しい指導を突破した者は、石川男爵家の名前を背負って、メラサル島内の他の貴族家に魔導機の修理や改修をしに行くようになった。

評判は上々のようで、中には引き抜きの勧誘《かんゆう》もあったそうだ。しかし、石川男爵家以上の報酬《ほうしゅう》を提示する貴族はいなかった。

◆◆◆

良一ががむしゃらに働き続けて半年――運良くココとマアロ、そしてキャリーの休みの日が合ったので、イーアス村を出てピクニックに行くことになった。

このメンバーにメアとモアとみっちゃんを合わせた七人で、最近の出来事を話しながら気分良く歩く。

「モアもだいぶ背が伸びてきたな」

「本当？　やったね、良一兄ちゃん！」

「ああ、毎日会っているから気がつかなかったけど、並んでみるとやっぱり大きいな」

モアの身長はマアロに迫りつつある。良一が見比べているのに気づいたのか、マアロは爪先立《つまさきだ》ちで歩きはじめた。

この調子なら一年と経たずにモアはマアロを超えるだろうと思いながら、良一は無駄な足掻《あが》きを続けるマアロの肩に手を置いてやめさせる。

彼女も〝ぐぬぬ……〟と唸って、牛乳を飲むと宣言した。はたしてマアロの成長期はまだ続いているのだろうか？

良一が疑問に思っていると、モアが着ている服をアピールするように少しだけスキップした。

「実はね、持ってた服が小さくなってきたから、キャリーさんに新しい服をプレゼントしてもらったの！」

「今着ている服がそうなのか。確かにリボンがアクセントになっていて可愛いよ」

「やったー！」

やはり横を歩くモアの頭の位置は記憶よりもだいぶ高くなっている。良一はこんなやり取りも懐かしく感じた。

普段は食堂での会話と、散策の際に村の子供達と遊んでいる姿を見るくらいなので、思い返せばモアと触れ合う機会が減っていることに気づく。

「こうして一緒に出掛けるのも久しぶりだからな。今日はたくさん遊ぼう」

良一の言葉に、皆も楽しげに返事をした。

目的地に着き、レジャーシートを広げる。空には雲一つなく、風も爽《さわ》やかで過ごしやすい気温だ。

早速村で流行《はや》りはじめている遊びをモアに教えてもらいながら、皆で遊ぶ。

ドッジボールと鬼ごっこを掛け合わせたような遊びで、メアやモアが怪我をしないように注意しながらボールを投げ合う。

段々と勝負も白熱してきて、ボールを紙一重で交わしたり、軌道を変化させたりと高度なテクニックも見られるようになった。

それだけ運動すればお腹も空《す》く。今日のピクニックでは参加者全員が料理した物を持ってきた。

良一が揚《あ》げた唐揚《からあ》げ、メアが焼いた甘い卵焼き、モアが握った大きなおにぎり、ココが煮込《にこ》んだ鳥ガラの卵スープ、マアロがむしって混ぜ合わせたサラダ。それに、キャリーが作った一口サイズのカラフルな串料理《くしりょうり》とみっちゃんが作ったサンドイッチまであり、もりだくさんだ。

これらは、領主館の厨房《ちゅうぼう》を使って皆で朝早くから準備した。

料理人のランドは自分が用意すると言ってくれたのだが、これもレジャーの一環ということで、彼にはモアの補助をお願いした。

いつもなら食べる専門のマアロとココも、最近はランドが不定期で開催している料理教室に参加しているようだ。

マアロにはあまり進歩が見受けられないけれど、ココは順調に料理の腕前を上げているらしい。

今日のスープも料理教室で習ったものだそうだ。

良一は試食してみたかったのだが、お昼の楽しみだと言われて匂いを嗅《か》ぐだけで我慢した。

皆の作った料理はランドとみっちゃんが綺麗に重箱《じゅうばこ》に詰めて、アイテムボックスへ収納して持ってきた。

「やっぱり体を動かすと、長袖は少し暑いな……」

「良一さん、お茶をどうぞ」

「ありがとう、ココ」

軽く汗ばんだ顔をタオルで拭きながら、ココが差し出してくれた冷たい麦茶を飲む。

水筒《すいとう》で冷やされたままの麦茶が、火照《ほて》った体に心地いい。

人心地がつくと、途端に腹の虫が主張をはじめた。

良一だけでなく、メア、モア、マアロにココと次々と腹の音が連鎖《れんさ》して、それに全員で笑い合う。

皆待ちきれない様子なので、お昼の時間にする。

それぞれが作った料理の感想を伝えながら食べる料理は、どれもとても美味しかった。

各自が多めに作りすぎたと思っていた料理も、綺麗になくなった。

それぞれの腹が満たされ、まったりとした空気が流れる。

誰も口を開かないけれど、それは実に心地いい無言の空間だ。

鳥の鳴き声や風の音だけが聞こえる。良一達は気分がリフレッシュするのを感じた。

そうしてレジャーシートの上で寛《くつろ》いでいると、良一の心に抑え込んでいた欲が湧いてくる。

「……旅に出たいな」

これほど静かな空間で、ぽつりと口から漏れ出た良一の言葉を、皆が聞き逃すはずがない。

「良一兄さん、また旅に出たいんですか？」

メアがどこか嬉しそうに尋ねる。

「そうだね……こうして皆と楽しく遊んだり料理を食べたりしていると、旅していた頃を思い出すんだ」

「そうね……確かに楽しかったわ。一緒に船に乗って、山を越えて谷を越えて、進む先はどこまでも……」

キャリーがまるで歌うように、これまでの旅を振り返る。

「モアもまた旅行に行きたい！」

「私も行きたい」

モアとマアロはすでに行くつもり満々みたいだ。

「現状、男爵家の内政も落ち着き、トラブルも生じていません。調整すれば一週間ほどは自由がきます」

秘書を務めるみっちゃんが良一の仕事の予定を計算して、具体的な日数まで提示した。

何気ない一言だったが、皆がそれとなく良一の背中を押してくれている。

「それじゃあ計画を立てよう。皆は行きたいところはある？」

「モアね、王都に行きたい！　王都にいる皆に会いたい」

「良一兄さん、私は外国に行きたいです。ジークさんが教えてくれたんですけど、西の方の国に小《こ》人族《びとぞく》の国があるみたいなんです。全てのサイズが小人さんに合わせられているなんて、素敵じゃないですか」

「そうですね……ココノツ諸島を巡るのはいかがでしょう。特にゴグウ島は最近観光に力を入れているそうで、風光明媚《ふうこうめいび》な庭園が数多くあるそうです」

「主神ゼヴォス様の神殿巡り。まだまだ参拝《さんぱい》できていない神殿がたくさんある」

「私は帝国に行きたいわね。帝国ではどんなファッションが流行っているのか気になるわ」

「ジークさんが提供してくれた資料の中で、飛空艇に似た魔導機が遺跡で発見されたとありました。もし使用できるものが残っているなら、男爵家に飛空艇での運送業という新たな産業を生み出せます。是非旅先の候補に」

モア、メア、ココ、マアロ、キャリー、みっちゃん、それぞれが行きたい場所を熱く語った。やはり皆気持ちは同じだったようだ。良一はこのメンバーでいつまでも旅をしたいと思いながら、色んな意見を出す皆の会話の中に交ざった。

笑顔で意見を出し合って、旅先の候補をまとめる。

この場にはいないスロント達にも話をしないといけない。

新たな旅をするという目的ができただけで、仕事に対する意欲も湧いてくる。

安定した平凡な日常も良いけれど、見知らぬ場所を想像すると胸が高鳴る。

異世界スターリアに転移して早数年、良一は地球での生活を今でも覚えているものの、それは遠い昔のようだ。

この世界には、まだまだ訪れたことのない国や地域がたくさんある。

そこには、様々な経験をしてきた良一達をさらに驚かせてくれるような何かが待っているはずだ。

ぶらりと旅には行けなくなっても、良一の心は満たされている。

地球で孤独だった石川良一はもういない。妹や恋人、信頼できる仲間達と、これからも旅を続けていくだろう。

——彼の旅はまだまだ終わらない。

チートなタブレットを持って快適異世界生活

AUTHOR
ちびすけ
CHIBISUKE

アプリのおかげで超快適な異世界ライフ!!

**鑑定、買い物だけじゃなく
キケンな魔獣も楽々ペットに!**

[第12回]
アルファポリス
ファンタジー小説大賞
特別賞
受賞作!

家でネットショッピングをしていた青年・山崎健斗は、気が付くと、いかにもファンタジーな街中にいた……タブレットを持ったまま。周囲の様子から、どうやら異世界に来てしまったらしいと気付いたケント。さらにタブレットを操作してみると、アイテムや人間の情報が見えたり、地球のものを買えたりするアプリを使えることが判明した。雑用係として冒険者パーティ『暁』に加入した彼だったが——チートアプリ満載のタブレットのおかげで家事にサポートに大活躍!?

●定価:本体1200円+税　●Illustration:ヤミーゴ
●ISBN 978-4-434-27055-0

この作品に対する皆様のご意見・ご感想をお待ちしております。

おハガキ・お手紙は以下の宛先にお送りください。

【宛先】

〒 150-6005 東京都渋谷区恵比寿 4-20-3 恵比寿ｶﾞｰﾃﾞﾝﾌﾟﾚｲｽﾀﾜｰ 5F
（株）アルファポリス　書籍感想係

メールフォームでのご意見・ご感想は右のＱＲコードから、
あるいは以下のワードで検索をかけてください。

アルファポリス　書籍の感想　検索

ご感想はこちらから

本書は Web サイト「アルファポリス」（https://www.alphapolis.co.jp/）に投稿されたものを、改題・改稿のうえ、書籍化したものです。

お人好《ひとよ》し職人《しょくにん》のぶらり異世界旅《いせかいたび》 6

電電世界（でんでんせかい）

2020年 1 月 31日初版発行

編集－今井太一・仙波邦彦・宮坂剛
編集長－太田鉄平
発行者－梶本雄介
発行所－株式会社アルファポリス
〒150-6005 東京都渋谷区恵比寿4-20-3 恵比寿ｶﾞｰﾃﾞﾝﾌﾟﾚｲｽﾀﾜｰ5F
TEL 03-6277-1601（営業）　03-6277-1602（編集）
URL https://www.alphapolis.co.jp/
発売元－株式会社星雲社
〒112-0005東京都文京区水道1-3-30
TEL 03-3868-3275
装丁・本文イラスト－青乃下
装丁デザイン－AFTERGLOW
印刷－図書印刷株式会社

価格はカバーに表示されてあります。

落丁乱丁の場合はアルファポリスまでご連絡ください。

送料は小社負担でお取り替えします。


ISBN978-4-434-27060-4 C0093